JN088507

捌き屋　行って来い

浜 田 文 人

幻冬舎文庫

捌き屋　行って来い

【主な登場人物】

鶴谷　康　（53）　捌き屋

木村　直人　（60）　優信調査事務所　所長
江坂　孝介　（48）　優信調査事務所　調査員
藤沢　菜衣　（43）　クラブ菜花　経営者
茶野　光史　（69）　南港建機　社長
長尾　裕太　（47）　私立探偵
和田　信　（62）　二代目花房組　若頭
坂本　隼人　（30）　二代目花房組　若衆
白岩　光義　（53）　二代目花房組　組長

麻布十番から急勾配の仙台坂を登りきったところでタクシーを降りた。四つ角を右折し、有栖川宮《ありすがわのみや》記念公園に沿って歩く。

七階建てマンションのエントランスに入り、インターフォンを押した。

若者の声がして、自動ドアが開いた。

エレベーターで二階にあがると、スエットの上下を着た男に迎えられた。

「鶴谷《つるたに》さん。このたびは過分なご祝儀を頂戴し、ありがとうございます」

声を発し、深々と頭をさげる。

花房《はなぶさ》組東京支部長、佐野裕輔である。

佐野は、昨年春に東京在住の女と結婚し、先々週、第一子が誕生した。三千二百グラムの男児だったという。鶴谷は大阪にいたため、優信《ゆうしん》調査事務所の木村《きむら》に依頼し、彼の部下が祝いの品と祝儀袋を届けたのだった。

「母子ともに順調か」

「はい。嫁は四日前に退院し、現在は福生市《ふっさ》の実家に帰っています」

言って、佐野が背をむけ、通路右側の扉を開けた。

その部屋の斜向《はす》かいは東京支部の事務所で、二人の若者が常駐している。

白岩光義《しらいわみつよし》は白のジャージを着て、リビングのコーナーソファに寛《くつろ》いでいた。

鶴谷はネイビーブルーのブルゾンを脱ぎ、空いているほうのソファに座った。佐野にコーヒーを頼んで煙草を喫いつけた。ふかし、口をひらく。

「何しに来た」

「そんな言い方があるか。愛しい友が訪ねて来たんや」

「頼んでない」

「あほくさ。直に新年を迎え、歳をとる。ええ加減、大人にならんかい」

「おまえには言われたくない」

「わいのハートは赤児のままよ。けど、仁義礼智信は心得とる」

「ご立派なことで」

ぞんざいに返した。

口では勝てない。戯言《ざれごと》を続けていれば、孔子の格言も飛びだしてくる。

佐野がコーヒーを運んできて、部屋を去った。

──四時に有栖川に来てくれ。話がある──

電話があったのは午前九時前で、白岩は用件だけ告げて通話を切った。

鶴谷は、コーヒーをひと口飲んでから話しかけた。

「いつ、来た」

「きのう、横浜に着いた。関東誠和会にでむいて新年の挨拶をし、夜は黒田さんの歓待を受けた。和田は涙を流していたわ」

関東誠和会若頭の黒田は花房組先代の花房勝正《かつまさ》と親交が深い。白岩は、先代と黒田の顔を立て関東誠和会に仁義を切ったのだろう。

和田は花房組の若頭で、野放図な白岩に代わって組織をまとめている。

「和田も一緒とはめずらしい」

「今回は、和田の顔つなぎや。きょうも都内にある同業の事務所をまわった」

「所帯のことで精一杯やろに……義理掛けも和田にまかせる気か」

「わいが不在のとき、ほかに代役はおらん」

「…………」

鶴谷は、白岩を見据えた。
白岩が睨み返す。下衆《げす》の勘ぐりは止めんかい。目がそう言っている。
コーヒーで間を空けた。ほかにも知りたいことがある。
大阪での仕事を完遂したのは先々週の金曜である。その夜、探偵の長尾夫妻と大阪そんなことは滅多
府警南署のマル暴担当の四人を招待し、北新地で労をねぎらった。顔を差すお
にしないけれど、彼らは臨時雇いの傭兵で、しかも、白岩の手前がある。どこで誰が見
それがあるので南署の管轄外の北新地にしたのだが、それでも白岩は、
ているかわからん、と彼らを気遣い、慰労会には参加しなかった。
その日以降、きょうまで白岩から連絡はなかった。慰労会の翌日に帰京したあと、
鶴谷も電話をかけなかった。十二月十三日の事始めの日は極道社会の元日である。何
かと慌ただしいだろうし、白岩は本家の一成会と悶着をおこしていた。
ふかした煙草を灰皿に消した。
「ところで、本家の事始めには参加したのか」
「ああ。とりあえず、謹慎処分は解くと連絡があった」
「本家は柳井組と手を組むのをやめたのか」
「どうやろ」

白岩が気のない返事をした。

捌《さば》きの仕事に絡んで、鶴谷は柳井組の連中に命を狙われた。事前に知った白岩が襲撃者を痛めつけ、そのことで柳井組の清原組長が一成会に怒鳴り込んできた。対応したのは、一成会の跡目問題で白岩と対立する黒崎若頭と角野事務局長である。黒崎と角野は逆にそれを利用し、白岩を窮地に立たせようとした気配がある。

「山田会長は顔を見せんかった」白岩が言う。「糖尿病が悪化したそうな。で、わいの謹慎処分の件で、会長や角野を責めようとした金子らは拍子抜け……企業のしゃんしゃん総会とおなじ、型どおりの儀式で幕引きよ」

「角野や黒崎から跡目に関する話はでなかったのか」

「立場やない。一線を越える。それこそ、金子らのつるし上げに遭う」

鶴谷は頷いた。

胸のあたりが軽くなった気もするが、安心はできない。策士の角野との因縁はもう何年も続いている。山田が引退する日はそう遠くないともいう。

朝の電話でのひと言を思いだした。

「何の話や」

「待て」

声を発して立ちあがり、白岩がキッチンへむかう。

ほどなく、両手にトレイを持ち、戻ってきた。マッカラン18年のボトルとアイスペール、八オンスのタンブラー。白磁の皿にはチョコレートとナッツがある。

白岩が水割りをつくり、ひとつを鶴谷の前に置いた。ひと口飲んでナッツを齧《かじ》る。音がした。砕いたナッツを流し込むようにグラスをあおり、息をつく。

「頼みがある」白岩の目が据わった。「わいのしのぎを手伝うてくれ」

「捌きか」

「ああ。依頼主は南港建設。相手は大和建工や」

「はあ」

間のぬけた声になった。

どちらとも縁がある。

大和建工は大阪市中央区に本社を置く、関西では老舗の総合建設会社である。大阪万博の工事では、地元企業ということもあり、大手ゼネコン二社との共同デベロッパーとして参画したと聞いている。

住之江《すみのえ》区に本社を構える南港建設は中堅の建設会社で、ゼネコンの一次下請けとして、主に大阪湾岸の建設事業に関わっている。大阪府市の公共事業を請け負うことも多く、官庁とのつながりも深い。

鶴谷は、捌き屋として駆け出しのころ、よく南港建設の仕事をした。当時はどこの工事現場でも責任者だった茶野光史には公私とも世話になった。先々週に落着した案件でも、情報の面で支援してもらった。現在、茶野は南港建設の子会社である南港建機の社長を務めている。

その茶野の紹介で大和建工から捌きの依頼を請けたことがある。もっとも、縁の元は白岩で、鶴谷は白岩の相棒として南港建設や大和建工とつながっていた。

白岩は二の句を発しない。むずかしい顔をしてソファの背にもたれている。

胸の中がざわついている。訊きたいことは山のようにある。鶴谷は疑念を整理した。

「親子喧嘩か」

「そうとも言える。来年、南港建設は創立五十周年を迎える。初代社長は大和建工の出で、創立時から大和建工の仕事をしてきた。大阪万博の工事への参入も大和建工の計らいによるもんや」

鶴谷は頷いた。

教えられなくてもそれくらいの知識はある。

はっとした。思いうかんだことが声になる。

「トラブルの因《もと》は、万博か」

「ああ」白岩が身を乗りだした。「南港建設は、大和建工と結んだ、万博工事の契約を一方的に解除された。先週金曜のことや。その日の夕方、わいは、茶野さんに呼ばれて南港建機に足を運んだ」

「…………」

声がでない。

トラブルの原因は何なのか。南港建設にそうされる瑕疵《かし》があるのか。

鶴谷は首をふった。どんな推測も流れ星のように消えてしまう。その理由はわかっている。が、口にするのもおぞましい。

白岩が続ける。

「茶野さんは、南港建設には契約解除される覚えも瑕疵もないと言い切った」

「それなら……」

あとの言葉は白岩の手にさえぎられた。

「まあ、聞け。茶野さんは、おまえが捌いた大京電鉄と西本興業の案件にはふれなかった。そういう人なのはわかるやろ」

「ああ」

「あの案件が今回のトラブルにかかわっているのかどうかはわからん。けど、茶野さんから依頼を請けたとき、わいは感じた。おまえの頭の中とおなじよ。なんで、捌き屋稼業から半分アシを洗っているわいに頼んだのか。現役ばりばりの、昵懇《じっこん》ともいえる仲のおまえに頼まなかったのか……」

白岩が言葉を切り、首を何度もふった。

苦悩の表情にも見える。

鶴谷は息苦しくなった。

またしても協力者が窮地に立たされた。瀕死の重傷を負ったようなものだ。

「茶野さんは、わいに依頼するのも心苦しかった……そんな気がする。わいに頼めばどうなるか……そう考えれば、あの人ならためらう」白岩がひとつ息をつく。眼光が増した。「それでも、わいに頼まざるを得なかった。そういうことやろ」

「契約解除は履行されたのか」

「正月の二十日に履行されるそうや。約ひと月……大和建工にしてみればもっと早くケリを付けたいやろが、万博の工事は大仕事や。南港建設の代役となる会社もそれなりの準備が要る。労働者の手配、資材や機材の調達……設計図や工事の段取りは南港建設のそれに沿ってやるとしても、ひと月ではたりんくらいや」

「南港建設の後釜は決まったのか」

「茶野さんは、選定中やないかと……大阪はもちろん、関西の同業者の大半は何らかの形で万博の工事に関わっているそうな。実績のある南港建設の肩代わりを務められる同業者はすくないと言うてた」

「裏を返せば、契約解除は、大和建工にとっても想定外のことだったわけか」

「わいはそう思う。何しろ、五十年間、親子兄弟のような関係やったさかい」

しんみりとしたもの言いだった。

鶴谷は眉をひそめた。水割りを飲んで口をひらく。

「契約解除が履行されるとして、南港建設の実害は」

「傾くかも知れんと……茶野さんの会社も被害は甚大になる。ゼネコン二社が新工法で工事に着手するので、南港建機もそれに対応できる最新の建設機器を購入したそうな。南港建設は労働者の確保もおわり、資材や機材を揃えている。オリンピックに万博、続いてIR……東京や大阪は都市部の再開発が行なわれ、労働者の賃金、資材や機材の値も高騰しとる」

「………」

ため息もでない。

白岩がグラスをあおった。

感情を殺して話しているのはわかっている。

白岩にとっても南港建設は経済面で育ての親のようなものである。

鶴谷はあたらしい煙草を喫いつけた。

「南港建設、南港建機……おまえの依頼主はどっちゃ」

「もちろん、本社よ。茶野さんは本社の承諾を得て、わいに会うた」

「南港建設は、ほかに手を打っていないのか」

「それはありえん。本社は、あらゆる法的手段を講じ、対抗措置にでる準備をしているそうな。そういうことも茶野さんは包み隠さず話してくれた」

「…………」

鶴谷は口を結んだ。

むりやな。そのひと言は南港建設にも南港建機にも失礼である。

企業間の係争が法的手段で解決できるのなら、この世に捌き屋は存在しない。裁判で勝てると確信していても、企業は裏稼業の者を頼る。その多くは議員秘書崩れの企業コンサルタントや、裏社会の実力者である。鶴谷のように、後ろ盾もなく、組織に属さない一匹狼の稼業人は稀有な存在なのだ。

煙草をふかし、逸らしていた視線を戻した。

「裁判所に異議を申し立てたか」

「執行停止の仮処分の申請か。もちろん、検討しとるやろ。けど、裁判所がそれを認めたとしても、南港建設は万博の工事に参加できん。大勢の労働者や資材、機材をかかえたまま裁判が結審するまで待機するはめになる。最高裁までもつれ込む前に、南港建設は悲鳴をあげる。悲しきかな、下請け業者の宿命よ」

「俺らは、そのまた下請けや」

言って、鶴谷は苦笑を洩らした。

下請け以下か。依頼がなければ仕事がない。仕事にしくじれば能無しのレッテルを貼られ、以降の仕事は絶たれる。そもそも、依頼する企業にしても、できることならかかわりたくない人種である。

白岩が口をひらく。

「どうや。わいを助けてくれるか」

「請ける」

白岩が足元のボストンバッグを手にし、ファスナーを開いた。

「着手金や」一銀行の帯が付いた百万円の束を十個、テーブルにならべる。「成功報酬は五千万円で頼む」さらに、二千万円を積む。「これは前金や」

「要らん。成功したあかつきにしか受けとらん」

仕事にしくじれば一円も受けとらない。己に課した筋目である。

「そうはいかん。おまえはわいに雇われた。仕事に成功しようが失敗しようが、雇った者に賃金を払うのは世の定め……黙って受けとらんかい」

「…………」

鶴谷は肩をすぼめた。返す言葉が見つからない。

白岩が布製のショルダーバッグにテーブルのカネを詰める。

何と段取りのいいことか。

ショルダーバッグを鶴谷の前に置いた。

「気負うな。逸《はや》るな。茶野さんのことは忘れえ」

「言われるまでもない」

はね返すように言った。

依頼を請けたら、仕事をやり遂げるだけのことである。

白岩と話をしているうちにいくらか気分がらくになってきた。

「おまえも無茶はするな。仕事優先や」

白岩が首をすくめる。

痛いところを突かれたか。

今回のトラブルには、当然、ウラがある。背景の絵図は見えなくても、絵図に人影が蠢《うごめ》いているのは感じとれる。

うっとうしい連中の顔と名前がうかんだ。

頭をふって、連中を追い払う。

「仕事はいつから始める。あしたか」

「おまえは週明けに来い。あす、大阪に帰り、依頼を請ける」

「まだ請けてなかったのか」

「おまえの返答次第で、ことわることも考えていた」

「…………」

鶴谷はあんぐりとした。

本音なのか、冗談なのか。見当もつかない。

「一月二十日までにケリをつける。すまんが、元日は仕事明けや」

「…………」

「木村を使う。いいか」

優信調査事務所の所長、木村直人《なおと》は捌き屋稼業に欠かせない男である。十数年、木村と木村の部下を頼ってきた。

「もちろん。経費はこっちにまわせ」

「ことわる。俺の協力者や」

「ほな、経費はおまえが請求せえ」

「考えておく」

鶴谷はそっけなく返した。

白岩が首をゆっくりまわした。視線を戻し、口をひらく。

「これからどうする」

「用もあてもない」

「つき合え。事務所の忘年会や。麻布十番のフグ屋を予約した」

「はいはい」

たのしく飲めるのはことし最後になる。

月曜に大阪へむかうとして、あすからの三日間は東京で情報を集める。木村との打ち合わせもある。年末年始に調査員を確保できるのか、不安もある。

金曜の昼下がり、青山一丁目交差点の周辺は行き交う人で賑わっていた。かつては大人の街だったが、若い女の姿も目につく。

鶴谷は、信号を渡り、カフェテラスに入った。店内は分煙になっていた。近くには東京オリンピックのメインスタジアムがある。分煙とはいえ、その周辺で煙草が喫える店があるのはめずらしいだろう。

店を指定した木村は喫煙エリアの壁際の席にいた。

ことしの九月、優信調査事務所は南青山のオフィスビル内に移転した。前のオフィスの倍のひろさになったという。二十数年前に四人で開業した優信調査事務所もいまでは正社員二十三名、契約社員とアルバイトが十八名の、優良企業に成長した。正社員の大半は警視庁出身者である。木村も独立する前は警視庁公安部公安総務課に在籍していた。公安総務課は警察組織の中枢部署である。

なぜエリート警察官が三十代後半で退職したのか、鶴谷は知らない。木村がその件にふれたことはなく、鶴谷も訊かなかった。

東京で捌き屋稼業を始めるさい、優信調査事務所の評判を聞いて調査をし、事務所の概要や実績、スタッフの個人情報等を入手した。が、木村を筆頭に、公安部出身者の個人情報は警察データには記載されておらず、内容が希薄だった。北朝鮮による拉致事件やオウム真理教のテロ事件で警視庁公安部は世間が認知する存在となったけれど、現在もなお組織は秘密のベールに包まれている。

だからといって、ためらうことはなかった。

仕事の協力者に求めるのは、迅速、丁寧、正確な情報収集活動である。その代価は現金で支払う。情が絡む余地はない。そう割り切っていた。

ここ数年、木村との距離感が曖昧になっている。長いつき合いになったせいか。あるいは加齢によるものか。ちかごろではそういう斟酌《しんしゃく》もしなくなった。

鶴谷が席に着く前に、木村が口をひらいた。

「わざわざお越しいただき、恐縮です」

「何の」鷹揚に返し、木村の正面に座した。「体調はどうや」

「おかげさまで。腸の機能が完全に回復したわけではありませんが、食欲もでて、便秘も改善されました。あとは時間にまかせるつもりです」

うそではなさそうだ。

木村の前にはコーヒーカップがある。大阪では好物のコーヒーを控えていた。

頷き、ウェートレスにカフェ・オ・レを注文した。

鶴谷もストレートコーヒーを好むが、きょうは胃の機嫌が悪そうだ。飲み過ぎ、はしゃぎ過ぎた。白岩のペースに嵌《はま》れば、そうなる。

煙草を喫いつけてから話しかける。

「で、人手は確保できたか」

けさ、木村に電話をかけ、週明けから大阪で仕事をする旨を伝えた。

「月曜の朝、六名が二台の車で東京を発ちます」

「おまえは入っていないだろうな」

「はい。二十七日に術後一か月の検査があります。来るなと言われようと、それが済み次第、大阪に駆けつけます」

「結果次第やな」

あっさり返した。

ウェートレスがカフェ・オ・レを運んできた。

ひと口飲んでカップをソーサーに戻した。胃が気に入らないようだ。

「宿泊先は前回とおなじ、大阪駅のグランヴィアや」

スイートルーム一室とツインルーム五室を予約した。

「急ぎ働きなのに、よく六人も確保できたな」

「うちはブラックなので」木村が目で笑う。「ですが、六名に強要したわけではありません。全員、自分から手を挙げたのです」

「前回のメンバーはいるのか」

「江坂と照井をふくめ、前回の五名が大阪に行きます。ただし、補充のさいに何人を確保できるか……ちかごろは、風邪をひいたので外出できない、薬をのんだから安静にしていると、そんなことを神のお告げのように口にする者も増えてきました」

「そいつらも警察官あがりか」

「はい。現職のころは残業手当がもらえなくても働いていたのに……自分があまやかし過ぎたのでしょう。その一方で、報酬のいい仕事と聞けば、インフルエンザに罹《かか》っていようと、仕事をやりたがる連中もいます」

「残るひとりがその口か」

「はい。佐々岡三郎……警視庁組織犯罪対策部で、四課の担当でした」

「やくざから小遣いをせしめ、依願退職させられたか」

「似たようなものです。が、仕事はできます。体力もあります」

木村がたのしそうに言った。

気に入っているのか。鶴谷との相性を考えての人選だったのか。

どうでもいい。自分から調査員を指名したことは一度もない。

煙草をふかし、口をひらく。

「言い忘れたが、今回の依頼人は白岩や」

「えっ」

ひと声発し、木村がぽかんとした。

「南港建設から捌きを頼まれたのは白岩……俺は、白岩の助手にまわる」

「どうして白岩さんは……」声を切り、ややあって目を見開いた。「南港建機の茶野社長……あの方が今回のトラブルに関係しているのですか」

木村は茶野と面識がない。が、前回の事案で茶野が鶴谷に協力してくれたことは教えた。

「だとしても、本人の意思じゃない。俺にかかわったせいで、とばっちりを食った……俺はそう思う。白岩もおなじや」

木村が眉をひそめた。

鶴谷は話を続ける。

「本社の南港建設に白岩を推したのは茶野さんや」

「茶野社長は鶴谷さんを気遣い、白岩さんを推した……そういうことですね」

「わからん」

そっけなく返した。

こういう話を長々とするのは好まない。

木村が話を続ける。

「確認します。情報収集は、ゼネコンの安高組と大峰建設、大和建工……三社の、万博工事を担当する役員と幹部社員の氏名および彼らの個人情報。加えて、万博工事に参加している企業のリストアップですね」

「ああ」

「ほかに、やることはありますか」

「現地での活動は大阪入りしてから指示する」

「期限は」

「一月二十日まで。大阪組には年末年始も働いてもらう。そのこと、伝えたか」

「もちろんです。東京で情報の収集や分析、映像の解析を担当する連中にもそう指示しました。自分も大阪で新年を迎えます」

「生きていれば、な」

何食わぬ顔で言った。

木村は眉毛の一本も動かさなかった。

捌き屋が一寸先は闇の世界に生きていることを理解しているのだ。

乃木坂のステーキハウスで食事をしたあと木村と別れ、タクシーに乗った。

銀座花椿通りで下車し、通り沿いの細長いテナントビルに入った。エレベーターで五階にあがり、『BAR OZAWA』の扉を開ける。

「いらっしゃいませ」

マスターとバーテンダーが声を揃えた。

先客はひとり。銀座では宵の口か。午後八時になるところだ。

カウンターの手前にいる男が顔をむける。

東和地所の専務取締役、杉江はきょうも笑顔だった。

手にタンブラーがある。

鶴谷はとなりに座り、声をかけた。

「何や、それは」

「キンカンをウオッカで割ってもらいました」

うれしそうに言った。

どこの店でも水割り一辺倒だった杉江が、この店ではフルーツカクテルを飲むようになった。マスターは素材にこだわるフルーツカクテルの名手である。いつも、バックバーのショーケースに彩りあざやかなフルーツがならんでいる。

カクテルに気がむきかけたが、やめた。

「スコッチ、オンザロックで」

バーテンダーに言い、煙草をくわえた。火を点けて、紫煙を吐く。

「急な頼みですまなかった」

「とんでもない。あなたからの依頼は、わたしのひそかな愉悦です」

屈託なく言い、杉江が目を細めた。

「悪趣味や」

「それにしてもおどろきました。前回のお仕事が片付いてまだ二週間……もう仕事をされるのですか」

「まっとうな依頼がくれば請ける。たとえ中一日でも」

バーテンダーが二つのグラスを前に置く。

水を飲んで舌を湿らせ、スコッチを口にふくんだ。香りがひろがる。胃の腑におとしてから、杉江を見つめた。

「何か、わかったか」

「ええ。万博工事は安高組、大峰建設、大和建工、三社の共同事業ですが、受注額の比率は、安高組六割、大峰建設三割、大和建工一割……メインデベロッパーは安高組です。まあ、業界の格からいってもそれが自然でしょう」

「安高組は大阪と縁があったのか」

「おおありです。ここ数年、関西圏での受注が急増しています。おそらく、大阪の六角銀行をメインバンクのひとつに加えたからだと思われます」

「六角グループからの依頼が増えたということか」

「関西電鉄グループ関連の仕事も上昇一途……一八年度と一九年上半期、安高組の総売上の十七パーセントが大阪をはじめとする関西圏でのものです」

「………」

鶴谷は目をしばたたいた。

かなりの比率である。相当な売上高だろう。これまで、安高組は首都圏、それも公共事業に強いという印象を持っていた。

煙草をふかし、質問を続ける。

「大阪府市との関係は」

「良好なようです。それも、六角銀行や関西電鉄のおかげかも知れません」杉江がひと息つく。「確かではありませんが、業界では中堅の大和建工がデベロッパーに仲間入りできたのは、市の要望を安高組がのんだせいだという情報もあります」

「以前から、大和建工は安高組の仕事を請け負っていたと聞いたが」

「そのとおりです。安高組は、大阪の事業では必ず大和建工を使っています」

「それも、行政の口利きか」

「わかりません。調べてみます」

「頼む」

言って、グラスを手にした。

扉が開き、中年のカップルが入ってきた。マスターとひと言二言ことばを交わし、カウンター奥の席に座った。マスターが鶴谷との距離を空けたようだ。

カップルのほうをちらりと見て、杉江が口をひらく。

「安高組からの依頼ですか」

「逆よ」

「えっ」杉江が目をぱちくりさせる。「大和建工でもない……では、依頼主は」

「詮索無用」

ぴしゃりとはねつけた。

南港建設と大和建工のトラブルを隠すつもりはない。安高組と大峰建設、大和建工に関する情報の収集を頼んだのだから、話すほうが筋は通る。隠しても、杉江がその気になれは南港建設と大和建工のトラブルを知るだろう。が、杉江に余計な負荷をかけたくない。不動産業界と建設業界は双子のようなものである。杉江が鶴谷の情報提供者だと知れたら、何かと不都合が生じる。

それに、頭の片隅には南港建機の茶野の件がある。おなじ轍《てつ》は踏みたくない。

杉江は動じなかった。

「どんな係争にせよ、業界二位の安高組は難敵です」

「何位でも関係ない。やることはおなじよ」

さらりと返した。

「わたしに、高みの見物をさせるつもりですか」

杉江の声に未練の気配がまじった。

「業界二位の安高組と七位の大峰建設……どちらともつき合いがあるやろ」

「もちろん。安高組とは都内二箇所の都市開発で連携しています」

「それなら首を引っ込めていろ」

「そうはいかないのです」

「ん」

「密かな愉悦を奪わないでください」

杉江が真顔で言った。

鶴谷は苦笑を洩らした。

「もちろん、信義として、安高組を売るようなまねはできません。しかし、あなたのお役には立ちたい。事実に基づく情報の提供……それなら構わないでしょう」

「好きにしろ」

言って、グラスをあおった。

きのうは白岩との遊び納め、きょうは杉江との遊び納め。夜の銀座を飲み歩くのも最後になる。埒《らち》もない話に時間を費やすのは愚の骨頂というものだ。


週明けの月曜、身支度を整え、ベランダから部屋を出た。円形の蓋を開け、梯子を伝って階下のベランダに降り立った。窓を開け、部屋に入る。

リビングに藤沢菜衣《ふじさわさえ》の姿はなかった。

キッチンのほうからいい匂いがする。

鶴谷はボストンバッグを床に置き、コーナーソファに腰をおろした。

「コウちゃん、おはよう」

菜衣があらわれ、声を発した。

機嫌はよさそうだ。

仕事で大阪に行くことはおととい話した。毎年恒例となっている正月三日の初詣ができそうにないことも伝えた。その日は菜衣の誕生日である。菜衣は文句も愚痴も口にしなかった。初詣の代わりに、おとといは食事に誘った。浅草にある鮨屋『一新』に着いたときは笑顔を見せていた。江戸前鮨を継承する『一新』は新鮮な具材でもひと手間かける。アワビの腸《はらわた》の珍味は常連客の舌を喜ばせる。

菜衣がコーヒーカップをテーブルに置いた。

いつもの香りがする。エチオピアモカのストレート。朝の定番である。

「もうすこし待ってね」

言い置き、菜衣がキッチンに戻る。

コーヒーをたのしみ、煙草をふかしている間に菜衣がトレイを運んできた。厚切りトースト、スクランブルエッグ、野菜サラダ、蜂蜜をかけたリンゴと苺。それらをテーブルにならべ、ソファに座った。

鶴谷は、煙草を消し、トーストを持った。バターが溶けかけている。野菜サラダはオリーブオイルと塩、レモン汁のシンプルな味だった。

菜衣はコーヒーを飲んでいた。早くめざめたので朝食は済ませたという。鶴谷が食べている間は話しかけず、たのしそうに眺めていた。

リンゴをひと切れ食べてから声をかけた。

「正月はどうする」

「佐賀に帰ることにした」

菜衣は佐賀県嬉野《うれしの》に生まれ育った。継父は高知県伊野町《いのちょう》の出身で、東京に本社のある製薬会社に勤務していた。福岡支社で営業を担当していたとき、佐賀市内で得意先を訪問している最中に菜衣の母と出会った。当時、継父三十八歳、母三十九歳。前夫との間に生まれた菜衣は十二歳であった。前夫も高知県の出身だというから、菜衣の母は高知の男と縁があったのだろう。継父が本社に戻るのを機に結婚し、家族は東京に移り住んだという。両親は五十代の若さでともに病死した。

「高知には帰らないのか」

「うん。継父の身内は皆、高齢だから。行けば、迷惑をかけちゃう」

継父の死後も、十歳下のその妹が高知特産の土佐文旦や小夏、新高《にいたか》梨を送ってくれていたのだが、その人もおととし他界した。菜衣は、その人の恩義を忘れず、高知市内の果樹園と契約し、季節の果物を送ってもらっている。

「佐賀には従姉妹《いとこ》が二人いるし、歳の近いほうの従姉妹が家族で武雄《たけお》温泉を予約していたので、お邪魔することにした」

「おせちは温泉豆腐か」

「そう」

菜衣が目を細めた。

覚えていたのがうれしかったようだ。

菜衣と恋におちてほどなく、鶴谷は嬉野にでむき、菜衣の両親の墓参をした。継父の七回忌の日だった。その日は武雄温泉に泊まった。嬉野にも温泉があるけれど、墓参のあとということで、何となく人目をはばかった。

「コウちゃんは、ホテルの豪華なおせちね」

「俺の新年は、おまえの雑煮で祝う」

菜衣の目が糸になった。

「無事に戻ってきて」

「ああ」

鶴谷は、お代わりのコーヒーを飲んでからソファを離れた。玄関へむかう。菜衣の部屋に衣服は置いていないが、数足の靴は用意してある。

「薬は持ったの」

背に菜衣の声がした。

鶴谷にはパニック発作という持病がある。何かの拍子に、左腕が痺《しび》れだし、我慢していると、左頬が痙攣し、息苦しくなる。以前は症状がでるたび精神安定剤を服《の》んでいた。次第に対処法を覚え、いまでは薬に頼ることは滅多にない。それでも持ち歩くのは安心のためで、逆にいえば、薬を手放さないかぎり完治したことにはならない。

そのことを知っているのは菜衣だけである。

ふりむいて頷き、鶴谷は黒のバックスキンの靴を履いた。

「ツルを頼む」

「まかせて。佐賀は二泊三日だから、大丈夫よね」

「問題ない」

あっさり返した。

階上のサンルームにはおおきな水槽がある。大正三色の錦鯉一匹が棲んでいる。いつのころからか、菜衣はその鯉をツルと呼ぶようになった。

水の浄化装置があるし、自動給餌器も取り付けてあるから一週間程度は部屋を留守にしても不安はない。

ボストンバッグを手に、菜衣の部屋を出た。

新大阪駅で在来線に乗り換え、大阪駅で降りた。中央改札口を出て右に歩く。『グランヴィア大阪』十九階のカウンターでチェックインを済ませ、荷物を預けた。

そのまま一階に降り、タクシーに乗った。運転手に行先を告げ、スマートフォンを手にする。一回の発信音で相手がでた。

《わいや》

連絡を待ちかねていたような声音だった。

「チェックインを済ませた。これから南港建機にむかう」

《茶野さんを安心させたいのか》

「むりやろ。事情を聞く」

《そうか。南港建設は、大京電鉄と西本興業のトラブルで、茶野さんがおまえに協力したことを知らんようや》

「だと思った。茶野さんは俺にまかせろ。おまえは南港建設に雇われた。本社の頭越しに子会社の社長と連携すれば角が立つ」

《わかった。で、そのあとはどうする》
「おまえは事務所か」
《ああ。来るんか》
「おわり次第……夜は、ホテルでミーティングや」
《木村か》
「木村は、一か月検診がおわってから合流する」
通話を切った。

住之江区役所近くのオフィスビルに入り、三階にあがった。エレベーター前のドアに〈南港建機〉と記された金属プレートが貼ってある。

五十平米ほどのフロアには、六つのスチールデスクでつくられた島が二つ。手前にも四つのデスクがくっついている。壁に掛かるホワイトボードは文字で埋まっていた。

訪問したのは二十年ぶりか。そのころと変わらぬ風景だった。

四十年輩の女事務員に案内され、社長室に入った。

目が合うなり、デスクにいた茶野が目元を弛め、近寄ってきた。

四人掛けのソファで向き合う。

「ひと仕事おえて、のんびりしていたやろに……面倒をかけて済まない」

「とんでもない。自分のことは白岩から聞いたのですか」

「ああ。先週の金曜、白岩さんから電話をもらった。南港建設を請けたと……時間的に、本社をでてすぐ連絡をくれたのだろう。そのとき、あんたが白岩さんを手伝うと教えてくれた」

「茶野さんが白岩を推したのですか」

「関西の捌き屋で白岩さんの右にでる者はおらん。白岩さんが捌きをやらなくなったとは聞いていたが……むりを承知で、本社に推した」

「それだけですか」

「ん」

茶野が眉をひそめた。

女事務員がお茶を運んできた。

ひと口飲み、煙草を喫いつけてから視線を戻した。

「自分が大阪にいたころから、大和建工と南港建設は親子のような間柄だった。その大和建工が契約解除を通告した理由をご存じですか」

「通告書が届いた日、わたしは本社に呼ばれた。大和建工は長年に亘り、貴社と良好な関係を培ってきた。しかしながら、今回、貴社の背信行為により信頼関係が著しく損なわれた。因《よ》って、万博工事に関する貴社との契約を解除するに至った……通告書にはそう書いてあった」

　茶野がよどみなく喋った。

　通告書の文面が頭から離れないのか。

「背信行為……その内容に言及してありましたか」

「なかった。その翌日、本社の専務が弁護士を伴い、大和建工を訪ねた。が、背信行為に関する質問に、相手は口をつぐんだそうや」

　鶴谷は、茶野の双眸《そうぼう》を見据えた。そうしなければ声がでそうにない。

「あなたに心あたりは」

「…………」

　茶野が顔をゆがめた。

　鶴谷は顔を寄せた。躊躇すれば話せなくなる。

「答えてください」

「悩んだんや。あんたのほかに、本社の窮地を救えるのは白岩さんしかいない。が、白岩さんに依頼すれば、あんたが動く……」

声を切り、茶野がくちびるを嚙んだ。

「そう思うのなら、どうして、自分も推してくれなかったのですか」

「わかっているのやろ」

か細い声で言い、茶野が目を伏せた。

「あなたは、わかっていない」

「…………」

茶野が顔をあげた。口をもぐもぐさせたが、声にならない。

「自分は、稼業に私情を絡めない。恩義も信義も捨てる」

きっぱりと言い放った。

茶野が息をついた。肩がおちる。ややあって、姿勢を戻した。

「正直に話すよ。あんたのことや。もう調べたと思うが、万博工事は、ゼネコンの安高組と大峰建設、大和建工の共同事業になっているが、実質は業界二位の安高組が仕切っている。近年、安高組は関西圏を重視しており、旧財閥の六角グループや関西電鉄ホールディングスとの連携を強めている。とくに、関西電鉄関連の受注は右肩あがりに増え続けており、一昨年度の安高組の総売上の十五パーセント以上は関西圏での受注によるものです」

立て板に水のように喋った。

胸のつかえがとれたか。

鶴谷はおおきく頷いた。

東和地所の杉江の話と合致する。

茶野がくちびるを舐め、話を続ける。

「安高組は大阪府市にも接近し、公共事業でも主役を張るようになった。公共、民間にかかわらず、安高組は、大阪の事業では大和建工を一次下請けに指名している。大和建工との縁が深い行政の要望を受け入れてのことだとも、地元業者との融和を図るために大阪では老舗の大和建工を重用しているともいわれている」

「……………」

鶴谷は無言で視線をおとした。お茶を飲み、煙草をふかす。

おぼろげながら、茶野の胸の内が読めてきた。が、推測を口にする気はない。

「鶴谷さん」

名前を言われ、煙草を落としそうになった。

こんなことは記憶にない。鶴谷が駆けだしだったころは呼び捨てだった。

茶野の眼光が鋭くなった。

「通告書にある背信行為……わたしは、大京電鉄と西本興業とのトラブルだと思っている。あんたがどういう手法で捌いたか知らんが、万博跡地の再開発事業をもくろむ関西電鉄の怒りを買ったのは容易に想像できる。夢洲《ゆめしま》駅近くでの複合ビル建設をめざす大京電鉄はめざわりな存在やった」

鶴谷は目で頷いた。

「わたしは、あんたに協力したことを後悔していない。むしろ、感謝している」

北新地の小料理屋でのやりとりは憶えている。

──男は血や。血を滾《たぎ》らせ、ときに凍えさせ、生きとる。昔と変わらんあんたを見て、その感覚がよみがえってきた──

──いまの言葉、胸に刻んでおきます──

あのとき、視線を合わせるのが恥ずかしくなるほど、茶野の目は輝いていた。

「自分は反省しています。もっと、あなたの立場に配慮すべきだった」

茶野が何度も首をふる。

「そんなことはない。あんたは冷静に判断し、行動している。わたしも、あのときは慎重に動いたと思っている。それなのに……」

茶野が声を切った。

顔に悔しさがにじんだ。

「自分の落ち度です」きっぱりと言った。「じつは、あなたと最後に会った夜、あの店を出た直後に攫《さら》われたのです」

「なんと」

茶野が目を剝いた。

「あのとき、あなたのことに気がまわらなかった。結果はおなじだったかも知れないが、打つべき手を打たなかった」

茶野が何度も首をふる。

「相手は何者や。何をされた」

「何も……相手の素性は話せないが、このとおり、無事です」

白岩のことはとても話せない。

教えれば、茶野は、南港建設に白岩を推したことを後悔するだろう。

「そんなことがあったんか」

茶野が嘆息まじりに言った。

「大京電鉄と西本興業の件、南港建設に話しましたか」

「話してない。現時点では、わたしの推測に過ぎん。逆に訊く。本社は、背信行為について、白岩さんに話したのか」

「いいえ。当然といえば当然でしょう。その中身を調べるのが白岩の役目で、事実があきらかにならなければ、大和建工と交渉しようがない」

「そうやな」

茶野が肩をおとした。

「自分に気兼ねしないでください」

「えっ」

「南港建設に対して心苦しいのであれば、話されてはどうです」

「やめておく。あんたの心遣いには感謝するが、大京電鉄と西本興業のトラブルの件で、わたしがあんたに協力したことを話せば、白岩さんの立場が……本社がとばっちりを食ったと思えば、本社と白岩さんの関係が微妙になる」

「………」

鶴谷は口をつぐんだ。

言われてみればそのとおりである。

前回の案件では白岩も協力者、というより捌きに加担していた。南港建設がそれを知ればどう思うか。茶野の判断に疑念をはさむ余地などない。

茶野が言葉をたした。

「こんなことになって、あんたにも白岩さんにも迷惑をかけ、申し訳ないと思っている。が、心を痛めているのはそのことだけやない」

「……………」

鶴谷は目であとの言葉をうながした。

「大和建工のことや。今回のトラブルの背景が、わたしやあんたの想像どおりだとすれば、契約解除は苦渋の決断……うちとの絆はそれほど深かった」

「理解はします。が、いまの言葉は忘れます」

茶野が目をぱちくりさせた。すぐに表情を戻す。

「そうしてくれ。あんたに言うことやなかった。あんたも白岩さんも、わたしのことを気にかけてくれている。二人は本社とも縁があった。それだけで二人には重荷になっているのに……」

鶴谷は手で制した。

「ご心配なく。さっきも言ったように、自分は稼業に私情を絡めない。白岩は……胸にかかえていようとも、仕事はやり遂げる」

「頼もしい」

茶野が目を細めた。

ようやく、見慣れた顔に戻った。


「鶴谷さん、お待ちしていました」

坂本隼人の元気な声に迎えられ、鶴谷は花房組事務所の敷居を跨《また》いだ。

リビングのソファで、白岩が胡座《あぐら》をかいていた。赤いスエットの上下を着て、グラスを手にしている。テーブルの上に書物。『論語』と『徒然草』。文字が読めた。

鶴谷は、ブルゾンを脱ぎ、白岩の正面に座した。

「そんなにのんびり構えてて、いいのか」

「熟慮中よ」

さらりと言い、白岩が胡座を解いた。グラスを空け、テーブルに置く。

「どうやった」

「茶野さんは心痛の様子……迷惑をかけた」

鶴谷は煙草を喫いつけてから、茶野とのやりとりを簡潔に話した。

途中、坂本がお茶とグラスを運んできた。テーブルにはマッカラン18年のボトルが立ち、アイスペールもある。

「的は関西電鉄か」

独り言のように言い、白岩が二人分の水割りをつくる。

鶴谷は舐めるように飲み、煙草をふかした。

「だとして、的にたどり着くのさえ容易やない」

「そうよのう。わいの交渉の相手は大和建工……大和建工に圧力をかけたのがメインデベロッパーの安高組。関西電鉄は安高組の背後に隠れとる」

鶴谷は頷いた。

「で、捌き屋、白岩はどうする」

「おまえにまかせる」

白岩が何食わぬ顔で答えた。

鶴谷はちいさく肩をすくめた。

おどろくことはない。文句を言うつもりもない。

白岩が大和建工との交渉の矢面に立つ気がないのはわかっていた。自分が極道であることを自覚しているのだ。白岩が南港建設から受け取った白紙委任状をふりかざして行動すれば、警察沙汰になったとき、捌きが立ち行かなくなる。南港建設にも捜査の手がおよび、あげく、契約解除をのむはめになる。

経験則上、トラブルをかかえる企業が警察に頼るとは思えない。警察は、裁判を意識してトラブルの背景、つまり、企業秘密を知りたがるからだ。マスメディアも万博工事に絡めて、おもしろおかしく書き立てる。

だが、経験則が今回もあてはまるとはかぎらない。

今回のトラブルが関西電鉄の渡辺の思惑に因るものであれば、それは即ち、鶴谷への遺恨である。当然、鶴谷や白岩の登場は意識している。白岩が矢面に立てば、関西電鉄に攻撃の材料を与えることになる。警察に頼らなくても、方法はある。関西電鉄のそばには神戸の暴力団、神俠会の影がちらついている。

これほど絵図がはっきりと見える案件はめずらしい。

しかし、相手にもこちらの人脈図が見えている。

「まかされてもいいが、おまえもたまには頭を使え」

「心が清らかすぎて、悪知恵が働かん」

「あほくさ。どこから攻める」

白岩がゆっくり首をまわした。手を伸ばし、『徒然草』の本の下にあった紙を鶴谷の前に移した。

鶴谷は紙を手にした。眼光が鋭くなっている。

六人の名前が書いてあるだけだ。

白岩が口をひらく。

「優信調査事務所から何人来る」

「きょう到着するのは六人。木村は追加派遣も口にしたが、期待できん」

「鉄の結束を誇る木村軍団も時勢には逆らえんか」

「木村なら何とかするだろうが、嫌々来るやつは役に立たん。足手まといや」

「ええやろ」

白岩がつくった水割りを飲んで、視線を戻す。

「当面の的を言う。交渉相手の大和建工は美原専務……万博工事の統括責任者で、安高組とは良好な関係にある。今回の契約解除は美原が決断したと考えられる……南港建設の役員はそう言うていた。そして万博工事の窓口の湯本執行役員。湯本は下請け事業も担当しており、南港建設とは親しい関係にあった。南港建設の役員は、湯本は契約解除に反対したのではないかと……まあ、未練たらしく聞こえたが……。つぎに安高組やが、こっちは関西圏の事業を統括する今永専務……今永は関西電鉄との連携に貢献した男で、事実上、安高組関西支社は今永が仕切っているそうや」

「…………」

鶴谷は、煙草をふかしてあとの言葉を待った。

――熟慮中よ――

先ほどのひと言が本音のように思えてきた。

白岩が続ける。

「安高組の今永と昵懇の仲といわれているのが関西電鉄の渡辺専務や」

「おまえ、渡辺が今回のトラブルを仕掛けたと断定しているのか」

「ほかは考えられん。ＫＲＫの生方が言うてた……渡辺は自尊心と自信の塊やと。そんなやつが、一介の捌き屋に苦汁を嘗めさせられた。南港建設が万博工事からはずされたのは、茶野さんへの懲罰やない。おまえへの意趣返し、復讐や」

鶴谷はこくりと頷いた。

白岩が言葉をたした。

「関鉄エンタープライズの社長、植田もはずせん。やつはインサイダー取引に加担した。渡辺がおまえに屈した原因をつくった男や。それやのに、やつのクビはつながっとる。その背景が気になる」

「渡辺には、植田を切れない理由があると……そういう読みか」

「………」

白岩が首をひねる。

鶴谷は間を空けない。

「ほかに、何がある」

白岩がためらうような表情を見せ、すぐ元に戻した。

「伊勢志摩での集合写真……関西電鉄の渡辺の横に植田がおったやろ」

「ああ」

神侠会幹部の放免祝いに参じた政治家や財界人を撮影したものだ。警視庁公安部が極秘に入手したもので、木村がそれを見せてくれたのだった。

「植田は神侠会……とくに、明神一家と親密な関係にあるそうや。探偵の長尾が、古巣を使って調べた」

「俺を攫った、神戸支部長の松島か」

白岩がこくりと頷く。

「そっちのほうは気にするな。わいの世界や」

「無視はできん。仲間や茶野さんに迷惑がおよぶおそれがある」

「松島にかぎっては、その心配はないやろ。が、念のため、茶野さんには長尾の嫁を張り付かせた。相手にとって、茶野さんは攻める道具になる」

鶴谷は息を吐き、視線をおとした。

煙草は灰皿の中で消えていた。

あたらしい煙草を喫う気にもなれず、顔をあげた。

白岩が口をひらく。

「てっぺんから言う。関西電鉄の渡辺と植田、安高組の今永、大和建工の美原と湯本
……ここまではええか」

「美原と南港建設の関係はうまくいってなかったのか」

「南港建設の役員のもの言いではそう感じたが、何とも言えん」

「わかった。残るひとり、市の副首都推進局の福沢も的にかけるのか」

「関鉄エンタープライズの植田とおなじ理由よ。おまえから解放されたあとも、それまでどおり。何事もなかったかのように元気にはしゃいどるそうな」

「…………」

鶴谷は胸で唸った。

捌き屋稼業は開店休業でも、白岩の人脈と情報収集力は健在のようだ。

ドアがひらき、坂本が顔を覗かせた。

「お話し中、すみません。鶴谷さん、ばら寿司をつくりますが、召しあがられます

か」

鶴谷は腕の時計を見た。午後五時半を過ぎたところだ。時間には余裕がある。

「頼む」

「鯛と湯葉のすまし、しじみの味噌汁、どちらがいいですか」

「味噌汁」

「親分は」

「合切《がっさい》、とおり」

白岩が答えた。

誰かが張った目におなじ金額を張るという意味の博奕《ばくち》用語である。

白岩がそんな言い方をするのはめずらしい。

機嫌がいいのか、やる気が漲《みなぎ》っているのか。

ドアが閉まり、鶴谷は白岩に話しかけた。

「六人で六人はむりや。監視は四人やな。情報収集と映像解析もある」

「ええやろ。関西電鉄の二人、安高組の今永、大和建工の美原を頼む」

「おまえは、どう動く」

「当面、ここだけよ」

白岩の右の人差し指が頭にふれ、にやりとした。

「俺を動かし、相手の反応を見る……そういう魂胆か」

「さすが、現役や。読みが鋭い」

「あほくさ」

「下手に動けば相手の思う壺……大京電鉄と西本興業のトラブルとは、構図が似ているようで異なる。今回のトラブルの背景がわいらの読みどおりだとすれば、相手は幾つもの罠を仕掛けて、おまえを潰しにかかる」

「教えられるまでもない。俺も、おまえは動かんほうがいいと思う」

本音である。

警察の介入に関してはさほど案じていない。気になるのは神侠会である。白岩は、明神一家の松島の度量を買っているようだ。それだけにおそろしい。


ばら寿司を馳走になり、『グランヴィア大阪』に戻った。エレベーター内のセンサーにカードキーをかざした。カードキーがなければフロントのある十九階から上のフロアには停まらない。防犯上の措置だろうが、不便な一面もある。

シャワーを浴びてジャージに着替え、コーヒーを淹《い》れた。客室に入ってすぐルームサービスでホットコーヒーを注文しておいた。

煙草を喫いつけてほどなくチャイムが鳴った。

優信調査事務所の江坂孝介をソファに座らせ、コーヒーを淹れてやる。

「気分はどうや」

「ぱっとしません」

江坂があっさり答えた。

鶴谷は頰を弛めた。つまらぬ意地を張られるよりずっとましである。

江坂は前回の案件で、入院中の木村の代わりに現場を差配した。

――自分には荷が重いように思います――

――こちらでの結果責任は自分にあります――

――夜もろくに眠れません――

掴きが膠着《こうちやく》状態に陥っていたころ、江坂は弱音を口にした。何事にも動じない気質で、仕事はきっちりこなす。それまでのマイペースのやり方が災いしたか。あとで木村に聞いたことだが、江坂は同僚と個人的なつき合いはないそうだ。

「前回で凝りたと、どうして木村に言わなかった」

「カネの魅力には抗えません。女房にもケツを叩かれました」

江坂が目を細めた。

女房とは面識がある。昨年の横浜での案件で、江坂は監視対象者の身内に襲われ、腹部を刺された。救急搬送先の病院で会い、のちに病室では言葉を交わした。見舞金の二千万円を手渡したとき、女房は腰をぬかしそうになった。

鶴谷は、コーヒーと煙草で間を空けた。

「仕事のことは木村から聞いたか」

「概要は……あとは鶴谷さんの指示に従えと」

「俺の依頼主は知っているか」

「南港建設。交渉の相手は大和建工ですね」

「依頼主は白岩や」

「えっ」

頓狂な声を発し、江坂が目を白黒させた。

この話をするために江坂ひとりを先に呼んだ。

鶴谷は事の経緯を手短に話し、最後に言い添えた。

「このこと、仲間には伏せろ。知れば、不安になる者もおるはずや」

「承知しました」

「あとは前回とおなじ……この部屋に機材を運び込め」

「人数は六人でたりるのですか」

江坂が眉を曇らせた。

仕事の内容よりも年末年始であることを気にしているのか。

「また気が重くなったか」

鶴谷はからかうように言った。

江坂が苦笑を洩らした。

「肚は括りました。が、ひとりで十人分はむりです」

「頼んでない」にべもなく返した。「監視対象者を言う」

江坂がノートを開き、ボールペンを持つ。

「関西電鉄の渡辺専務、関鉄エンタープライズの植田社長、安高組の今永専務、大和建工の美原専務の四人。植田と美原は徹底監視や」

かぎられた人数では徹底監視に限界がある。美原は要注意人物。植田にするか、今永にするか、迷った。

——植田は神侠会……とくに、明神一家と親密な関係にあるそうや——

白岩の話が決め手になった。白岩は、わいの世界、と言ったが、どうしても明神一家の松島の存在が頭から離れなかった。

「あとは臨機応変。急な変更でも対応できるよう、準備しておけ」

「仲間がここで作業しても構いませんか」

「もちろん」

「監視対象者の身辺調査も並行して行なうのですね」

「ああ。そっちはおまえの判断で指示しろ」

言って、鶴谷はスマートフォンのデジタル表示を見た。

あと十五分もすれば江坂の仲間がやって来る。

立ちあがり、壁際のワゴンに近づいた。オールドパーのボトルを手にする。

「おまえも飲むか」

「結構です」

江坂が答えた。

水割りをつくり、ソファに戻る。ひと口飲んで話しかける。

「植田の監視はとくに気をつけろ」

「理由を教えてください」

「俺を攫い、白岩を夢洲にむかわせた野郎のことを憶えているか」

「はい。明神一家、神戸支部長の松島ですね」

「植田は、明神一家と縁がある」

「心しておきます」

江坂が表情を締めた。

グラスを空にしたところでチャイムが鳴った。

江坂がドアを開けに行く。

鶴谷はグラスをワゴンに戻した。

五人の男が入ってきた。二人の両手にはノートパソコンと大型のタブレットがある。

それらをデスクに置き、六人がコーナーソファに腰をおろした。

鶴谷は、立ったまま彼らを見ていた。

「新顔を紹介します」

江坂が言い、となりの男が口をひらく。

「佐々岡です」

ショートボウズに四角い顔。人懐こそうな顔をしているが、目つきはやくざか現役のマル暴担当のそれに見える。

「鶴谷や。俺の仕事は初めてか」

「はい。やりたかったのですが、これまでは縁がありませんでした」

丁寧なもの言いだった。

が、ひと言多い。言わず、話を続ける。

「桜田門の出か」

「そうです。組織犯罪対策部の四課に……何の因果か、マル暴ひと筋でした」

試してみたが、やはりひと言も二言も多かった。

「関西の極道と縁はあるか」

「神俠会ですか」

「どこの誰でもいい。縁はあるか」

「関東にいる関西系暴力団員とは何人か……すべて仕事絡みです」

言い訳がましく聞こえた。

仕事以外なら、私利私欲の腐れ縁ということになる。

苦笑が洩れそうになった。

自分の推測は間違っていたようだ。もしくは、木村の狙いがはずれたか。

が、どうでもいい。木村が決めたことである。

──仕事はできます。体力もあります──

仕事さえきっちりこなせば文句はない。

鶴谷は視線をずらした。

「江坂、あとはまかせる」

言い置き、レストルームを出た。

前回で反省したことがある。

調査員の前で、江坂に責任を押し付けなかったことだ。

★　　★

御堂筋《みどうすじ》を渡り、北新地上通に入った。

同行すると言い張る坂本は事務所に残した。今回の案件はこれまでとは事情が異なる。表向きの事とはいえ、鶴谷との立場が逆転している。探偵の長尾だけでなく、鶴谷や木村からもメールで情報やデータが届く。それに対応するため、坂本にはタブレットのチェックを命じた。

バーやクラブがひしめく通りは大勢の人で賑わっていた。クリスマスイブ。北新地は今週が最後の書き入れ時になる。それにしても、これほど活気づいたのはいつ以来か、記憶にない。バブル崩壊で関西経済は失速し、リーマンショックで立ち直れないほどのダメージを受けた。以降、北新地は閑古鳥が鳴くようになった。回復の兆しを見せ始めたのはこの二、三年である。夢洲バブルを期待してのことか。

IR誘致に失敗したときの反動がそら恐ろしい。

煉瓦造りの外壁の階段をあがり、二階にある『てふてふ』の扉を開ける。

中の格子戸を開くと、やわらかい香の匂いにむかえられた。

カウンターが八席のこぢんまりとした店である。カウンターの中はひろく、箱庭のような箇所には枝ぶりの良い椿が活けられていた。

「白岩さん、いらっしゃい」

小柄な女が目元に笑みをうかべた。

白大島に濃茶色の帯。さりげなく着こなしている。

「書き入れ時でもひと組しか入れんのか」

トレンチコートを脱ぎながら言った。

「ひとりやさかい、大勢来はってもよう相手しません」

ママの光が出てきて、トレンチコートを受け取った。京都から通っているという。

白岩は奥に近いスツールに腰をおろした。その席に好んで座っている。

カウンターにマッカラン18年のボトル、そのむこうに茶釜が見える。

光が前に立った。

「水割りですか」

「その前に、お茶を飲みたい」

「ほな、チョコレートより和菓子のほうが……甘納豆はどうですか」

「もらう」

言って、白岩は煙草を喫いつけた。

めっきり本数は減ったが、夜の街に繰り出すと煙草をくわえてしまう。

「お連れさんは」

「直に来るやろ」

夕方に光の携帯電話を鳴らし、八時に二名で予約した。長居をするつもりはない。

師走《しわす》の書き入れ時に迷惑というものだ。

光が時間をかけて淹れたお茶は神経を和ませてくれた。

煙草を消したところで、格子戸が開いた。

小太りの男が入ってきた。満面の笑みだ。

「いやあ、白岩さん。ごぶさたでした」

顔から先に近づいてきた。

「すっかり貫禄がついて……お元気そうで何よりです」

白岩も笑顔で返した。

大和建工の湯本の顔を見たのは三年ぶりか。北新地の路上でばったり出会《でくわ》したのが最後である。湯本との縁はかれこれ三十年になるか。工事現場でトラブルが発生するたび、湯本から連絡が入った。大半は地元の暴力団との諍《いさか》いであった。数年後には用地買収の交渉役をまかされるようになった。すべては湯本の配慮である。

六十五歳になったか、なるのか。干支はおなじと記憶している。前頭部の毛は薄くなったが、肌の色艶はよさそうだ。

カシミヤのコートを脱いで光に手渡し、白岩のとなりに座った。

「きょうは何ですの。びっくりの連続ですわ」

「鶴谷とも会うたんか」

いつもの口調に戻った。

捌きの相手となる会社に勤めていようとも、湯本とはかつては気脈を通じた仲である。お互い、タメでつき合ってきた。

「会えんかった」湯本もくだけた口調になる。「出先から会社に戻ったら、専務室に呼ばれて……鶴谷さんの訪問を受けたと」

「美原か」

「そう。鶴谷さん、南港建設の代理人になったようやな」

「本人がそう言うたんか」

湯本が頷く。表情が陰った。

「何をお飲みになりますか」

光の問いに、湯本が水割りと答えた。

白岩もおなじものを頼んだ。新たな煙草をふかし、湯本に話しかける。

「様子は聞いたか」

湯本が首をふる。

「十分もおらんかったそうな。きょうは南港建設の代理人として挨拶に来たと……口頭で、契約解除の撤回を求めたと聞いた」

「それだけか」

「当然、専務は拒否する。それでおしまいやろ」

「鶴谷は、美原と面識があったかな」

「ないと思う。専務は営業ひと筋やった」

頷き、白岩はグラスを手にした。

——これから大和建工に行き、美原に挨拶する——

午後一時過ぎ、鶴谷から連絡があった。

白岩は反対しなかった。理由も訊かなかった。

鶴谷の胸の内はわかる。自分が南港建設の代理人だと示しておきたかったのだ。白岩が前に立てば後々の面倒の元になる。そう判断したのは容易に推察できた。

光が湯本の前に水割りのグラスを置いた。

白岩は薄いミルクチョコレートをつまんだ。チョコレートを添える。舌で溶かし、水割りを飲む。いつの間にか、そういう癖がついてしまった。

湯本が光に話しかける。

「相手せんと、すまんな」

「気を遣わんといてください。うち、地蔵になるさかい」

「えらいべっぴんの地蔵さんや。つぎから拝みに来るわ」

「お待ちしています」

笑みを残し、光が柱の陰に身を退いた。

湯本が顔をむける。

「あんたも南港建設の代理人か」

「想像にまかせる」

曖昧に答えた。

違うといえば湯本への信義を損ねる。そうだと答えれば鶴谷の気遣いを無にする。

グラスをコースターに戻した。

「契約解除の理由を知っているのか」

「知らん。常務から、取締役会でそういう決定がなされたと聞いた。しつこく理由を訊いたが、常務は答えなかった」

「それまでに、大和建工と南港建設の間に悪いうわさはあったか」

「ない。契約解除は寝耳に水の話やった。で、二日後の役員会で社の決定事項が通達されたさい、契約解除の理由について説明を求めた。が、今後の業績にも影響を及ぼす機密事案だと、専務に一蹴された」

「ほかの役員は」

「社長をのぞく取締役は六人。社長派が常務をふくめて二人、専務派は四人。五人の執行役員は、わたし以外の全員が専務になびいている」

「美原が次期社長というわけか」

「来年の株主総会でそうなるやろ。そのことについては、わたしも異論はない。ここ数年の、右肩あがりの業績は専務の手腕に因るものや」

「安高組との連携か。関西電鉄との縁も深まっとるそうやな」

「…………」

湯本があんぐりとした。瞳が固まった。

「それくらいのこと、電話一本でわかる」

「そうやな」湯本がぽつりと言い、水割りを舐めるように飲む。「そのへんの絡みやないかと思うが……堪《こら》えてくれ。社に恩義がある。現場からの叩き上げのわたしを、ここまで育ててくれた。あんたや鶴谷さんの味方にはなれん」

「わかっとる。あんたは、わいと鶴谷の恩人や。おかげで腹いっぱい飯が食えた」

湯本が表情を弛め、ややあって、口をひらいた。

「社の機密事案に関する話はできんが、協力できることはあるか」

白岩は目を細めた。

「美原は、安高組の誰と親しい」

「今永専務。やり手と評判の人で、うちの専務は目をかけられているそうな」

「関西電鉄の方は」

「いまは関鉄エンタープライズに出向している植田社長かな。もっとも、植田社長は本社の渡辺専務の子飼いやさかい、関西電鉄関連の仕事が増えたんは、うちの専務と渡辺専務との縁かも知れん」

「ありがとうよ」

言って、白岩は腕の時計を見た。店に来て四十分が過ぎた。

湯本が話しかける。

「約束があるのか」

「ない」

「ほな、遊んでくれ。ひさしぶりに、あんたとおなごらの戯言を聞きたい」

「悪趣味や。それに、一緒に歩かんほうがええ。誰に見られるか、わからん」

南港建機の茶野の二の舞は避けたい。

「…………」

湯本が眉尻をさげた。

かつて、湯本は夜の街を豪快に遊び歩いていた。

「うちでよければ、いてください」

光の声に、白岩は視線を移した。

「待たせている客はおらんのか」

「ええ。うちの店、師走も書き入れ時も関係ないみたい」

湯本が店内を見回した。

「カラオケはないんか」

「おますよ」

光がバックバーの格子戸を開けた。

湯本がにんまりとした。

白岩は肩をすぼめた。

ど演歌を聴かされるはめになりそうだ。しかも、歌いだしたら止まらない。察したのか、光がにこにこしている。


路地の石畳を歩き、露天神社《つゆのてんじんしゃ》、通称、お初天神の境内に入った。

白装束の男女が掃除をしていた。若い巫女らはアルバイトか。露天神社は縁結びの神様だが、そんなことは関係なく、近隣住民は大晦日からここに集う。

背がまるくなった老婆が本堂に頭《こうべ》を垂れていた。白岩が近づくまでおなじ姿勢で、何やらぶつぶつ言っている。結婚か、受験か。孫の幸運を祈っているようだ。

白岩は、控え目に鈴を鳴らし、先代夫妻の健康と、組の安泰を願った。

石畳を引き返し、蕎麦屋の暖簾をくぐった。

「おじさん、いらっしゃい」

あかるい声が店内に響いた。

鶴谷の一人娘、康代《やすよ》はきょうも笑顔だった。

まもなく午前十一時半になる。先客は二組三人。七十歳前後の老人は息を吹きかけながら蕎麦をすすり、作業着の若者二人は丼飯をかき込んでいた。

白岩は奥の小座敷にあがった。指定席である。東梅田商店街の住民には顔見知りが多く、顔を合わせれば挨拶を交わす仲なのだが、それでも、客商売の店にはそれなりに気遣い、顔が差さない場所を選んで座る。

康代がお茶を運んできた。

「ひとりなん」

「連れが来る」

「そう」言ったあと、康代が眉をひそめた。「おじさん、若い子、知らないよね」

「ネオン街にぎょうさん知った子がおる」

「あほ。バイトしてくれる子、なかなか見つからんねん」

「大晦日の年越し蕎麦か」

「大晦日だけやない。二十九日から……お初天神さんに参拝する人を見込んで、元日もお店を開けよう思うてる」

「……」

白岩は目をぱちくりさせた。

康代はこの春、京都の大学を卒業する。ちかごろ病気がちの母親の跡を継ぎ、店の女将になる決心をしたと聞いた。

「張り切り過ぎやで」

「うち、やれることは何でもやりたいねん」

「そうは言うても、このご時世や。元日に働くやつはおらんやろ」

「年内の募集もままならん」康代が眉尻をさげ、顔を寄せた。「うちの子らの、三割増しで募集をかけたのに」

白岩はちらっと視線をふった。

久留米絣《くるめがすり》に紅い襷《たすき》を掛けた女二人がテーブル周りで手を動かしている。

「あの子ら、友だちはおらんのか」

「声をかけた子、皆にことわられたみたい。それに、二人とも元日はむりやと……仕方ないねん。うちが急に決めたことやさかい」

「厨房のほうはどうなんや」

三人の職人がいる。ひとりは先代の愛弟子で、四十年勤めている。

「板長は元日営業に賛成してくれて、ほかの二人も気持ちよく……」

康代が声を切った。

「いらっしゃいませ」

従業員の声のあと、金子が近づいてきた。

初代花房組では兄弟分だった。白岩が跡目を継いださい、花房四天王の金子克と石井忠也は盃を直し、本家一成会の直系若衆となった。現在は、二人とも幹部として執行部会にも参加している。

「おう、康代ちゃん。きょうも……」

「べっぴんなんやろ。聞き飽きた」

康代があっけらかんと言った。

首をすくめ、金子が紙袋を差しだした。

「クリスマスプレゼントや」

「へえ」康代が目をまるくする。「どこかの飲み屋でもろうたん」

「あほなことを言うたらあかん。康代ちゃんにそんなことはせん。心斎橋のデパ地下で買うて来たんや」

康代が紙袋を覗いた。たちまち顔がほころぶ。

「このチョコ、大好きや。皆で食べるわ」

金子が眦をさげ、白岩の前に胡座をかいた。

温燗《ぬるかん》二本、雑魚《じゃこ》天《てん》と玉子焼き、穴子の天ぷらとモロコの甘露煮を頼んだ。

康代が去るや、金子が眉根を寄せた。

「兄貴、鶴谷の捌きはおわったんやないのか」

「なんで念を押す」

「柳井組との面倒、引きずっているのか」

「そんなもん、端《はな》からない。わいの質問に答えろ」

「うちの黒崎と柳井組の清原……きのうもミナミで遊んでいた」

「馬が合うのやろ」

こともなげに言った。

前回の捌きでのさなか、鶴谷は柳井組に命を狙われた。そのときは白岩が阻止したのだが、そのことで柳井組組長の清原は一成会本部に乗り込んだ。清原の背後にいたのが神俠会の最大組織、明神一家である。一成会の黒崎と角野が清原とどういう話をしたのかは不明だが、白岩は当面の謹慎を言い渡された。しかし、金子ら花房一家が抗議し、今月十三日の事始めの儀の直前に処分は撤回された。

「のんきな」

金子があきれたように言った。

康代が盆を運んできた。

徳利とぐい吞み、雑魚天とモロコの甘露煮が座卓にならぶ。

白岩はモロコをつまみ、手酌で酒を飲む。雑魚天も食べ、視線を戻した。

「何が心配や」

金子がぐい吞みをあおった。天井にむかって息をつき、目を合わせる。

「うっとうしい野郎があらわれた」顔をしかめる。「明神一家の赤井や。黒崎と清原の三人で宗右衛門町《そえもんちょう》を飲み歩いていた」

「…………」

白岩は口をつぐんだ。

赤井という名前は初めて聞いた。

明神一家と言われれば否応なく反応するが、迂闊《うかつ》には話に乗れない。金子は、白岩が明神一家の松島と接触したことを知らないのだ。

鶴谷が松島に攫われ、白岩が友を救うために夢洲へでむいたことを話せば、金子が暴れる。金子組は花房一家きっての武闘派集団である。おなじミナミに島を持つ柳井組とはこれまでに何度も小競り合いをくり返している。

白岩は言葉を選んだ。

「何者や」

「十数年前までは、明神一家の組長のボディーガードをしていた。銃刀法違反と恐喝の罪で八年間の刑務所暮らし。一年前に出所し、現在は明神一家神戸支部におる。客分のような扱いやと聞いた」

「明神一家の若衆やないんか」

「パクられる前に、破門された。偽装や」

よくあることだ。組員が連座制に問われるような罪を犯した場合、警察の追及から逃れるため、組織はその組員との縁を断つのだ。

金子が続ける。

「赤井は組長の子飼いで、ほかの誰の盃も受ける気がないそうな。知ってのとおり、明神会の組長は、神俠会の次期会長候補の一番手……会長になれば自前の組を乾分《こぶん》の誰かに禅譲するのが決まりごと……それも頭にあるのやろ」

「そんなやつを預かるのも難儀やのう」

茶化すように言った。

もちろん、神戸支部長の松島を意識してのことだ。

「松島か」金子の目の色が変わった。「兄貴、知っているのか」

「ずいぶん以前、義理掛けの席で挨拶を受けた」

「そうか……俺は面を合わせたことがないけど、松島は頭が切れ、腕も立つと、なかなかの評判や。支部長に就いて五年、神戸や大阪の政治家、関西財界との縁を紡いでいるとも聞いた」

白岩は眉根を寄せた。

金子の話はまわりくどい。

「それが、どうした」

「清原の背後に松島が控えているとなれば……」

「穿ち過ぎや」目でも威圧する。「清原は神侠会の直参……近々、上納金を積み、幹部になるとほざいたんは誰や。他方、松島は明神一家の若衆。甥っ子が叔父貴を操るなど、聞いたことがないわ」

「それはそうやけど、清原は次期会長候補にすり寄っている。松島が親の威光を笠に着れば……親の指示で清原に接触しているかも知れん」

「おまえの妄想にはつき合いきれん」

「………」

金子が口をへの字に曲げた。

そこへ、康代がやってきた。

「金子のおじさん、また悩み事の相談をしているの」

「生きている証や」

即座に返したが、金子の表情は元に戻らなかった。

「うちも悩むけど、顔にはださんよ」

あっけらかんと言い、穴子の天ぷらと玉子焼きを置いて去った。

康代の爪の垢でも煎じて飲まんかい。

目で言い、白岩はわさびを天ぷらに載せた。そのほうが口に合う。音を立てて天ぷらを食べ、手酌酒をやる。

金子も箸を持った。雑魚天と玉子焼きを食べ、顔をあげる。

「ところで、正月はどうする」

「寝る。毎年のことよ」

「二日は先代の家に行くのやろ」

「その予定や」

「…………」

金子が目を見開いた。

頭は悩み事で一杯でも、勘は働くようだ。

白岩は顔をしかめた。

「予定とはどういうことよ」

「インフルエンザに罹るかもしれん」

適当に答えた。ごまかしが利かないことはわかっている。

金子が顔を近づける。

「何を隠している」

白岩は康代を呼んだ。ざる蕎麦を頼んでから金子を見据えた。

「鶴谷が大阪におる」

「やっぱり」

「勘違いするな。別件や。昔、世話になった方からの依頼を請けた。わいも、その方には一方ならぬお世話になった。で、鶴谷の助っ人にまわる」

「正月も動くのか」

「あたりまえや。捌き屋は期間限定の傭兵……盆も正月もない」

「依頼主は誰よ。俺の知っている人か」

「言えん。相手も……おまえは家族とのんびりせえ」

「そうさせてもらうが、聞けば気になる。念を押すが、あらたなしのぎに柳井組は絡んでないのやな」

「ああ。おまえの助けが必要なときは連絡する」

金子の表情が弛んだ。

「大晦日でも元日でも、いつでもかまわん。それと、二日の日、先代の家に行けるようなら、俺と石井を同行させてくれ」

「どういう風の吹き回しや」

先代の花房は引退にさいし、今後は渡世上のつき合いはしない、と明言した。それを受け、花房組の若衆も花房組と縁戚関係にある者も花房との接触を控えている。

「仕切り直しや。気合を入れ直す。来年こそ、兄貴を本家のてっぺんに立たせる」

「あほか……」

あきれて二の句が継げない。

金子は意に介するふうもない。

「兄貴はどっしり構えていたらええのや」

言いおわるや、金子が腰をうかした。左手の携帯電話が青く点滅している。

金子が席を離れると、入れ違いに康代がざる蕎麦を運んできた。

「おじさんも大変やね。他人の悩みばかり聞かされて」

「耳は二つある」

「はあ」

「わいの耳は掃除が行き届いて、風通しがええんや」

「…………」

康代があんぐりとした。

白岩は蕎麦をすすりあげた。

金子と別れ、事務所に戻った。

紺色のジャージに着替え、ソファに寛ぐ。

坂本がコーヒーとチーズケーキを運んできた。

一緒に来た和田がソファに腰をおろした。坂本が去るのを待って口をひらく。

「親分、ご相談があります」

「……………」

おまえもか。声になりかけた。

和田が言葉をたした。

「新年は、ここで迎えさせてください」

「どうした。嫁と折り合いが悪いんか」

和田は八年前に結婚していた。一緒に暮らす女が腹に子を宿し、入籍したという。白岩がそれを知ったのは二人目の子が生まれたあとだった。

「いいえ。おかげさまで、家は平和です。が、ことしは子を連れて、嫁が実家に帰ります。母親の体調がすぐれないようで、家事の手伝いをするそうです」

「おまえも行かんかい」

「滅相もない」和田がむきになる。「若頭として事務所を預かっている間は、親分の言いつけがないかぎり、大阪を離れるわけにはいきません」

「ほな、命じたる。嫁の実家に帰れ」

「そんな意地悪を……勘弁してください」

「冗談よ」

　さらりと言い、フォークを持った。

　チーズケーキはさっぱりとした味だった。きのう、好子から届いたという。白岩が生クリームを好まないので、チーズケーキを選んだのか。

「親分、元日に自分がいては迷惑ですか」

「わいは寝正月や。添い寝したいんかい」

　大晦日の夜は康代の店で蕎麦を食い、日付が変わる時刻に露天神社に詣でる。新年は事務所で迎え、部屋住みの若衆らとお屠蘇を飲み、おせち料理を食する。若衆を相手に花札や将棋で遊ぶのは年に一度のことである。二日は花房家にでむいて年賀の挨拶をし、三日は事務所で幹部若衆らの挨拶を受ける。

　長い慣習になった。

「命じられれば添い寝もしますが……」

「せんでええ」

　笑ってさえぎった。

　ふいにうかんだことが声になる。

「皿洗いはどうや」

「………」

和田がきょとんとした。

「もう身体が動かんか」

「何をおっしゃる。いまでも、五十人分くらいの賄い飯は平気でつくれます」

和田が真顔で言った。

「アルバイトが集まらんそうや」

「えっ」和田が目をまるくし、すぐ表情を崩した。「蕎麦屋ですね」

「ああ。康代は元日も営業するそうな」

「わかりました。人手がたりなければ、よろこんでお手伝いします」

「お年玉をはずんだる」

「たのしみです」

好々爺《こうこうや》の顔になった。いや、ガキの顔か。

「親分、生方さんがお見えになりました」

坂本の声に目が開いた。

うとうとしていたようだ。横になれば瞼が重くなる。ただし、事務所にいるときだけである。新幹線でも車中でも眠ったことはない。

身体を起こし、毛布をはいだ。いつも坂本か和田が毛布を掛けてくれる。

坂本のあとから、ＫＲＫの生方が入ってきた。

黒のフェースガードを着けている。

白岩は声を立てて笑いそうになった。

ＫＲＫは関西リサーチ研究所の略称で、関西経済界の動向を調査する会社である。社長の生方秀夫が北浜の証券会社を退職して設立した。生方には別の顔がある。投資顧問。そちらが本業で、個人投資家たちを募り、投資ファンドを運営している。

先の案件で、白岩は生方に情報収集を依頼した。

ところが、関西電鉄の機密情報を入手し、欲に目がくらんだ。関鉄エンタープライズの植田社長と大阪市副首都推進局の福沢局長を抱き込み、多額のファンド資金を注ぎ込んで関西電鉄の株価を操作した。インサイダー取引である。

その事実を知った白岩は、生方を事務所に呼びつけて詰問した。事実を白状しても安心できず、地下室に監禁した。解放したのは二日後のことである。

詰問のさい、生方は鼻梁と前歯を折った。頭髪は円形に抜けおちた。が、探偵の長尾からは、生方がフェースガードを着用している、との報告は受けていなかった。

これ見よがしに着けてきたか。

「遅くなり、申し訳ないです」

表情のない顔で言い、生方が正面に座した。

黒のとっくりセーターにグレーのジャケットを着ている。

白岩は、生方の双眸を見つめた。

「治療費と慰謝料を請求したいんか」

「えっ。そんなつもりは……」

生方が左手でフェースガードにふれる。

「関西電鉄の株でなんぼ儲けた。五億か、十億か」

「そんな……わたしの手元に届いたのはわずかです」

ファンドの運営とは他人の褌《ふんどし》で相撲をとるようなものである。顧客から多額の手数料を徴収しているのに、投資に失敗しても補塡はしない。金融業は皆おなじ。銀行は赤の他人から預かったカネを別の他人に貸し付け、利息で儲けている。

白岩は、生方が顧客とトラブルになったさい、幾度か仲裁したことがある。そういう縁があって鶴谷の仕事に協力させたのだった。

「顔面の修復費用くらい稼いだやろ」

「もうその話は……ご勘弁ください」

生方が神妙な顔で言った。

どの表情が生方の真顔なのか、わからない。煮ても焼いても食えない野郎だ。

坂本がお茶を運んできた。

それだけで生方の身体が固まった。

身体を縛り、地下室の漬物部屋に放り込んだのは坂本である。

「水割りをくれ」

坂本に声をかけ、視線を戻した。

「おとといはたのしかったか」

「…………」

生方が目をしばたたく。口をぱくぱくさせたが、声にならない。

「副首都推進局の福沢と北新地で豪遊したそうやないか」

「あれは……お誘いを受けて、ごちそうになりました」

「関西電鉄の株で儲けた礼やな」

「…………」

生方が肩をおとし、うなだれた。

「先週の金曜は関鉄エンタープライズの植田……おまえら、地獄にも行けんわ」

生方が顔をあげる。

「自分を監視していたのですか」

「当然や」

「なぜですか。洗いざらい正直に話したではありませんか」

「わいは、おまえらを警察や地検に売らんかった。それどころか、しこたま儲けさせた。いわば、お人好しの恩人や」

「どうしろと言われるのですか」

「情報を集めろ」

言って、白岩は煙草をくわえた。

酒と煙草がなければ、生方の顔を見ていられない。

坂本がトレイを運んできた。マッカラン18年のボトルを持ち、水割りをつくる。グラスを白岩の前に置き、ドアのそばに移動した。

ひと口飲んで、煙草を喫いつけた。ふかし、生方に話しかける。

「植田の様子はどうやった」

「いつもと変わらず……元気に遊んでいました」

白岩は首をひねった。

――食事のあと、北新地本通りのクラブに行き、日付が変わると、クラブのホステスを三人連れてラウンジへ……植田と別れたのは午前三時過ぎで、植田は三十代と思しき女とタクシーに乗った。迷ったが、俺は生方を尾行した――

長尾からの報告である。生方はひとりでタクシーに乗り、帰宅したという。

「おかしいやないか。植田は、おまえや福沢とつるんで本社の関西電鉄の株を不正に操作した。インサイダー取引で、本社に不利益をもたらした」

「関西電鉄は把握していないのでしょう」

生方が何食わぬ顔で言った。

「おまえ」目と声で凄む。「懲りん男やのう」

坂本が近づいてくる。

気配を察したのか、生方が身を縮めた。

「今月六日の金曜、おまえは、中之島のリーガロイヤルホテルのラウンジで関西電鉄の渡辺専務と会うた。その場には植田も同席していた。どんな話をした」

それも長尾から聞いた。鶴谷が渡辺と面談した翌日のことである。

その席で、渡辺は鶴谷が提示した条件をのんだ。にもかかわらず、鶴谷が示した資料の内容を確認したかったのか。善後策を講じようとしたのか。

生方が眉尻をさげた。観念したように口をひらく。

「すみません。口止めされたのです」

「言い訳はいらん。答えろ」

「事情を訊かれました。植田さんが正直に話していたようで、わたしはそれを補足するような説明になりました」

「それだけか」

「どういう意味でしょう」

「お咎めなしかと訊いとる。外部のおまえはともかく、植田は関西電鉄の人間……それも、渡辺の子飼いやないか。首が飛んであたりまえやろ」

「そういう雰囲気ではありませんでした。たしかに、渡辺専務はご機嫌斜めで、ときおり、強い口調で叱責されましたが、植田さんは萎縮するふうもなく……わたしは、何らかの措置を検討すると、威されました」

「どあほ」声を荒らげた。「威しやない。おまえがやったことは犯罪や。民事でも損害賠償を請求されて当然……わかっとるんか」

渡辺が法的措置をとらないのは自明の理である。インサイダー取引を公にすれば自社の信頼を著しく損ねる。関西電鉄の株主は、事実関係の説明と、責任の所在を明確にするよう求める。渡辺は子飼いの部下がやったことの責任を問われる。

　生方もそれくらいのことは頭にある。

「はい」

　生方が蚊の鳴くような声で答えた。

　坂本が背後に立ち、左手で生方の肩にふれている。

　白岩はグラスを持ち、咽《のど》を鳴らした。

　口の中も熱い。我慢も限界に達している。

「何らかの措置はあったんか」

「いいえ。あれ以来、渡辺専務から連絡はありません」

「おまえへの措置のこと、植田はどう言うてる」

「先週、食事をしながら訊いたのですが、心配ないと……わたしは不安なのですが、植田さんはまったく気にしていない様子でした」

「植田はクビにならんのやな」

「そう思います」

「渡辺のキンタマを握っているんか」

「はあ」

「植田や。のんきに構えている理由は、何や」

生方がぶるぶると首をふる。

坂本の顔つきが変わった。いまにも生方の首を絞めそうだ。

「猜疑心の塊のおまえが知らんわけがない。知らなかったとして、なんでのんきに構えていられるのか、植田に訊いたはずや」

「………」

生方が顔をゆがめた。二度三度と肩で息をし、口をひらく。

「俺を処分できないと……」声がふるえる。「理由は教えてくれませんでした」

「何としても聞きだせ。期限は来週の月曜や」

「むりです」

「うるさい」一喝し、視線をあげる。「坂本、こいつをつまみだせ」

「はい」

坂本が両腕を生方の脇の下にくぐらせた。

「月曜の夜九時、ここに来い。来なければ、大晦日、おまえは大阪湾に浮かぶ。おまえには監視が付いていることを忘れるな」

言い置き、白岩は腰をあげた。

反吐《へど》がでそうだ。

★　　★

アルファードが堂島川を渡る。

鶴谷は助手席に乗っている。運転する照井が大阪に不慣れなためだ。

だが、心配は無用だった。行先を告げると、照井はカーナビを操作し、場所を確認してすぐに発進した。ここまではスムーズに車を走らせている。

煙草をふかし、照井に話しかける。

「大阪は一方通行だらけで、面倒やろ」

「前回で慣れました。入り組んだ路地は厄介ですが」

前方を見たまま答えた。

土佐堀川にさしかかる。橋を渡れば淀屋橋、その先に北浜がある。

「大阪行きは志願したのか」

「江坂さんに誘われました。あの人、鶴谷さんの仕事となると、目の色が変わるのです。本人は報酬がいいと……それだけではないように思いますが」

照井の頬が弛んだ。

言いたいことは何となくわかった。が、その話をする気はない。

「おまえも、カネか」

「それも魅力です」

「ほかは何や」

「休みになってもやることがなくて……すみません」

ちらっと顔をむけ、頭をさげた。

「謝らんでもいい。俺は、助かっている」

「自分も助かりました。鶴谷さんは、仕事をしないとき、何をしているのですか」

「おまえは」

「家で映画を観たり、ゲームをやったり……むだに過ごしています」

「俺も似たようなもんや。けど、むだとは思わん」

「なぜですか」

「さあな」

そっけなく返し、ふかした煙草を消した。

淀屋橋の交差点を直進し、二つ目の信号を左折した。

照井がカーナビを見て、車を路肩に寄せる。

左側に『本家柴藤《しばとう》』のビルがある。江戸時代から続く老舗の鰻屋だ。

シートベルトをはずし、一万円札を照井にさしだした。

「そこらの駐車場に入れて、おまえも食え」

「同席するのですか」

「俺は個室を予約した。ここのひつまむしは評判や」

「高そうですね」

「昼ならそれでお釣りが来る。食ったら、車で待機してろ」

言い置き、車を降りた。

店に入って名前を告げ、エレベーターに乗った。

個室は二人で使うにはひろすぎるが、他人の耳を気にしなくて済む。店内は禁煙だが、個室は喫煙できる。

中年女の従業員に昼の定食二人分を注文し、煙草を喫いつけた。

時刻は午前十一時半になるところだ。

一服したところで戸が開き、スーツ姿の男が入ってきた。

市の副首都推進局の福沢である。

中肉中背。七三に分けた髪はきれいに整えられている。賢そうに見える顔は不機嫌を露わにしていた。鶴谷の正面に座るなり口をひらく。

「もう会うこともないと思っていたが」

横柄なもの言いだった。

電話で呼びだしたときとは声音が違った。三週間前に『グランヴィア大阪』十九階のラウンジで対面したさいの、おどおどした様子も窺えない。

福沢が言葉をたした。

「こんどはわたしを威すのか」

「ほう」鶴谷はにやりとした。「俺が誰を威した」

「とぼけるな。関西電鉄の渡辺専務から話は聞いた。さんざん油を絞られた」

「それでも無傷や」

「…………」

福沢が顔をゆがめた。目の光が鈍くなる。

「本来なら懲戒免職。大阪地検が動けば実刑になる。関西電鉄から損害賠償請求されても文句を言えないことをしでかした」

「蒸し返すのか」

「それはない」

鶴谷はきっぱりと言った。

――拒否すれば、どうする――

――この資料を大阪地検とマスメディア各社に届ける――

――ほかに要求はないのだね――

――はい。合意破棄を撤回すれば、この事実は忘れる。今後、夢洲がどうなろうと、御社が何をしようと、いっさい関与しない――

――二言はないか――

――ない――

渡辺とのやりとりである。

吐いた言葉はのまない。約束は守る。約束は信義の根っこだ。

仲居がお茶を運んできた。福沢に話しかける。

「おひつまむしの定食を承っております。ほかにご注文はございますか」

「結構です」

福沢が丁寧に返した。

まだ冷静さは残っているようだ。

仲居が去ったあと、声をかけた。

「あんたを威せば、どうなる」

「どうも……弱みを握られている身だからね。ただ、言いなりにはならない」

「やけに強気だな」

福沢が目を三角にした。テーブルに左肘をつく。

「渡辺さんと約束したのだろう。今後は関与しないと」

「関西電鉄との約束よ」煙草をふかした。「まあ、あんたとも会うつもりはなかったが……売られた喧嘩は買うしかない」

「どういう意味だ」

「冗談や」鶴谷は煙草を消し、福沢を睨んだ。「大和建工が南港建設に万博工事の契約解除を通告した……知っているよな」

「……………」

「俺は、南港建設の代理人や。それも、教えるまでもなかったか」

「何の話をしているのか、さっぱりわからない」

福沢が姿勢を戻し、肩を解《ほぐ》すような仕草を見せた。

鶴谷は首をかしげた。

ゆさぶりをかけても動じない。口調も強気のままである。

録音しているのか。

暖房が利いているのに、福沢は上着を脱ごうともしなかった。

自分に呼びだされたことを渡辺に報告するのは想定内だった。ＫＲＫの生方や関鉄エンタープライズの植田にも連絡したか。おなじ穴のムジナである。

録音しているとすれば、渡辺の指示か、己の保身のためか。

どうであれ、気にすることではない。

仲居が膳を運んできた。

鶴谷は箸を持った。

仕事の話をしながらの食事は気が進まないが、致し方ない。この店は生方が福沢や植田との密談に利用していた。それを意識しての指定だった。

食事は気心の知れた者と食べるにかぎる。敵対する相手が一緒では料理をたのしめるわけがない。階下で食べている照井がうらやましい。

うざくをつまみ、ひつまむしをひと口食べて、視線をあげた。

福沢はせっせと箸を動かしている。

「万博跡地の再開発事業の交渉は順調に進捗しているのか」

「わからん。わたしは交渉の場に同席していない」

「裏では渡辺と緻密に連絡を取り合っているのやろ」

「それもない」怒ったように言う。「渡辺専務は警戒心を強めている」

「それでも、あんたは協力するしかない。疵をかかえ過ぎた」

「…………」

福沢が手を止めた。箸の先の飯粒が落ちそうになる。

「関鉄エンタープライズの関連会社、新梅田企画の近藤保からあんたの口座へ、大金が振り込まれているのは承知よ」

「そんなことまで」

福沢が眦をつりあげた。

「汚い。もう関わらないと言ったんじゃないのか」

「インサイダー取引を知る前のことよ」

何食わぬ顔で言い、左手で重箱を持った。かき込むほうがよさそうだ。味がわからないばかりか、食欲も失せてしまう。

重箱を空にし、吸物を飲んでから箸を置いた。茶をすすり、煙草をくわえる。火を点けてから福沢に話しかけた。

「あんた、ゼネコンの安高組の誰と親しい」

「…………」

福沢がちらりと視線を投げ、すぐ箸を動かした。

「答えろ」

「どうしてそんなことを訊く」

福沢の瞳がゆれている。

録音を意識しているのか。関西電鉄の渡辺の顔がちらついているのか。

鶴谷はためらいを捨てた。遠回りはしない。

きのうの夜、東和地所の杉江から連絡があった。

──安高組は、関西電鉄の渡辺専務の仲介で大阪府市との距離を縮めたそうです。建設絡みの公共事業は、主に都市計画や都市整備の部署、建設の部署が担当しているのですが、渡辺専務は副首都推進局の局長と親しいそうで、その局長が安高組と関係部署との蝶番になっているものと思われます──

情報には自信がありそうな、しっかりしたもの言いだった。

鶴谷は真に受けた。頭の中には白岩からの情報が残っている。

――つぎに安高組やが、こっちは関西圏の事業を統括する今永専務……今永は関西電鉄との連携に貢献した男で、事実上、安高組関西支社は今永が仕切っている
そうや――

――安高組の今永と昵懇の仲といわれているのが関西電鉄の渡辺専務や――

杉江の情報は白岩のそれと合致した。

それを受けて、福沢に会うと決めたのだった。

「関西支社の今永専務と仲がいいそうだな。関西電鉄の渡辺専務と今永は昵懇の仲……あんたも仲間入りしたのか」

「ばかな。そんな根も葉もないことに答えられん」

聞き流し、続ける。

「安高組は、渡辺の仲介で大阪府市の公共事業の受注を急増させたそうだが」

「知らん」

福沢が唾を飛ばした。顔が赤くなっている。

鶴谷は顔を近づけた。

「頼みがある」

「何だ」

「大和建工が南港建設に契約解除を突きつけた背景を調べてくれ」

「そんなこと、わたしの与《あずか》り知らないことだ」

「だとしても、やってもらう」

「ことわればどうする」

「わかりきったことを訊くな。やってくれたら、あんたとも約束する。インサイダー取引の件も、新梅田企画からの振込も、きれいさっぱり忘れる」

「……………」

福沢が首をひねった。

信じられないのか、頭で電卓を叩き始めたか。

鶴谷は畳みかけた。

「言うことを聞けば、あんたの犯罪は闇に眠る。この件、関西電鉄は関係ない。渡辺に気兼ねする必要もない」

「……………」

福沢が姿勢を戻した。目が据わる。ややあって、口をひらいた。

「具体的に話してくれ」

「長年に亘り、大和建工が大阪府市の公共工事を手がけてきたことは知っているな」

「ああ」

「受注した公共工事の大半は、一次下請けとして南港建設を指名していた」

福沢がちいさく頷くのを見て続ける。

「大和建工と南港建設は親子、兄弟のような関係……強い絆で結ばれていた。大和建工が、事前に話し合うこともなく、一方的に契約解除を通告した背景を知りたい」

「安高組が関与した……そう思っているのか」

言葉を選ぶようなもの言いになった。

「はっきり言う。安高組の今永は、大和建工の美原専務を動かし、南港建設に圧力をかけた。あんた、美原は知っているよな」

福沢が頷き、口をひらく。

「そこまで断言するのなら、わたしに頼む必要もないだろう」

「確証が欲しい。今永と近い市の幹部職員から事情を聞け」

「契約解除に、市もかかわっていると言いたいのか」

「万博工事はすでに始まっており、南港建設は基礎工事を担当していた。一時的とはいえ、南港建設がはずされれば、工事が中断する。今永は万博工事の統括責任者なのだから、そのへんの根回しは行なっているはずや」

鶴谷は曖昧な言い方に止めた。

福沢が蚊帳の外にいるとは端から思っていない。

鶴谷の依頼に福沢がどう応え、どう動くか。そういうことにもあまり関心がない。

関西電鉄の渡辺がどう動くか。それが知りたくて福沢を呼びつけた。

身体と心の正面で渡辺を捉えている。渡辺が自分を潰す目的で攻撃を仕掛けたのであれば、契約解除は復讐劇の序章に過ぎない。


駐車場に駐めていたアルファードの助手席に乗った。

運転席の照井が顔をむける。

「美味しかったです。ごちそうさまでした」

言葉とは裏腹に、表情が冴えない。

「どうした。何かあったのか」

「食べているあいだ、見られているような気がして……自分が入ったあとに来た二人連れの男が……気のせいかもしれません」

「気のせいやない」

「えっ」

照井が目をしばたたく。

「俺も視線を感じた。店を出たときに……近くに停まっていた黒っぽい車の中から見られているような気がした」

「………」

照井が眉を曇らせた。さらに表情が陰る。

鶴谷が攫われたときのことがうかんだのか。

北新地の小料理屋で南港建機の茶野と食事をしたあと、駐車場に入ったところで見覚えのない男に声をかけられた。

——つき合え。話がある——

鶴谷はことわることも、暴れることもできなかった。

アルファードの中で待機していた照井が人質にとられていた。鶴谷は、照井を解放することを条件に、相手の言いなりになった。声をかけた男が明神一家の松島だと知ったのは、白岩が夢洲に駆けつけ、自由の身になったあとである。

あのとき照井を襲った連中ではなさそうだ。

「どんなやつらだ」

「二人とも三十歳前後……堅気なのか、やくざなのか、判別できませんでした」

「そのこと、江坂に報告したか」

「はい。車に戻ってすぐ……二人の身なりや特徴も報告しました」

「車を出せ。ホテルに戻る」

言って、煙草をくわえた。ウィンドーを降ろし、大量の紫煙を吐いた。

渡辺の指示によるものか否かはともかく、相手の動きは予想以上に速そうだ。

一時間後、江坂がレストルームに入ってきた。カードキーは渡してある。

鶴谷はコーヒーを淹れてやった。

「おまえは何をしていた」

「大和建工の美原に張り付いていました。午前八時半に出社したあと、姿を見せません。おといもきのうも自宅と会社の往復でした」

「用は電話で済ませているのやろ」

あっさり返し、鶴谷は煙草をふかした。

三十分ほど前、木村から連絡があった。

《けさ、三人をそちらにむかわせました。年内はそれが最後かも知れません》
申し訳なさそうなもの言いだった。
「かまわん。俺の仕事をしたことはあるか」
《はい。三人とも公安部の出で、身辺調査のスペシャリストです》
「無理強いしたのか」
《いいえ。三人とも家族を説得するのに時間がかかって……里帰りや海外旅行を予定していたそうです》
「配慮してやれ」
それしか言えない。
自分の仕事にかかわった者へはカネで報いる。報酬は優信調査事務所に現金で支払う。手に紙幣を持てば、仕事や責任の重さを肌で感じる。カネのありがたみとはそういうものだ。が、報酬の分配は木村の裁量である。
《自分は、あす、検査が済み次第、急行します》
「転ぶなよ」
さらりと言った。
検査の結果がどうであれ、木村は駆けつける。そういう男なのだ。大阪に来たあとは、木村の表情や動きを観察しながら指示をするしかない。
「書くものはあるか」
《はい。どうぞ》
「車種は日産のティアナかシルフィ。ナンバーは大阪500、ひらがなは不明……四桁は3△×7や。所有者を調べてくれ」
　言って、簡潔に事情を説明した。
《照井もその車を視認したのでしょうか》
「先に出て、見張っていたそうだが、二人連れは歩いて去ったと……二人の面相、風体は江坂に報告したそうや」
《あとで江坂に確認します。鶴谷さんはいまどちらですか》
「ホテルや」
《では、ファクスで資料を送ります》
「中身は」
《関西電鉄の渡辺と関鉄エンタープライズの植田、安高組の今永、大和建工の美原と湯本、市の副首都推進局の福沢……六人の携帯電話の通話記録と個人情報です》
「追加がある。市の都市整備局の西山局長、建設局の北村局長。二人は安高組の今永と親密な関係にあるらしい」

東和地所の杉江からの情報である。

《承知しました。二人と大和建工の美原との関係も調べたほうがよさそうですね》

「頼む」

通話を切ってほどなく、ファクスが稼働しだした。

江坂が口をひらく。

「自分にもメールで届きました。ここへ来る途中で、精査していませんが」

「これや」

鶴谷は資料を江坂の前に置いた。

「右は美原の通話記録や。今月に入って毎日のように安高組の今永と電話で話している。一日四、五回のときもある。気になるのは電話で話したあと……幾度も、建設局の北村に連絡していることや」

「今永からの指示を伝えたのでしょうか」

「何とも言えん。が、今後、美原と北村が直に接触する可能性が高いと思う」

「留意しておきます」

鶴谷は煙草で間を空けてから話しかけた。

「美原に関してはもうひとつ……やつは、今永以外の監視対象者とは電話でもメールでも接触していない」

江坂が顔を近づける。

「どういうことでしょう」

「大和建工と南港建設のトラブルにかぎれば、安高組の今永と大和建工の美原が深く関与し、西山と北村が調整に動いた……そういうことやろ。で、木村に、西山と北村の通話記録と個人情報の入手を頼んだ」

頷き、江坂が今永の携帯電話の通話記録を見た。

関西電鉄の渡辺専務や関鉄エンタープライズの植田社長との交信の有無が気になっているのは考えるまでもない。

江坂が顔をあげる前に声をかけた。

「今月の九日、渡辺は今永に電話している。二人の交信はそれが最後や」

「………」

江坂が眉根を寄せた。表情が険しくなる。

日にちが気になるのだ。

鶴谷と面談した翌週の月曜である。

江坂がおもむろに口をひらいた。

「今永は週末に策を練り、月曜、行動に移した……そういうことでしょうか」

「…………」

鶴谷は無言で煙草を消して立ちあがる。ワゴンで水割りをつくり、戻った。ひと口飲んで、江坂を見据える。

「だとすれば、渡辺と今永は月曜に会った可能性が高い。二人の通話時間は四十七秒……そのあと、今永は北新地の料亭に電話をかけている」

江坂の目がきらりと光った。

「その店の周辺を徹底的に調べます」

鶴谷は頷いた。

「東京から三人が来るのは承知か」

「はい」

「連中にやらせろ」

江坂の表情が弛んだ。

三人の経歴と実績を知っているのだろう。

「ほかに指示は」

「今永と美原の監視および身辺調査を強化しろ。追加の三人には、市の西山と北村の監視と情報収集にあたらせろ」

「はい」江坂が息をつく。「鶴谷さんは、渡辺を重要視していないのですか」

「どうでもいい」ぞんざいに返し、グラスをあおる。「司令官か策略家か……どっちにしても、自分の手を汚すとは思えん。もうひとつ、肝心なことを忘れるな」

「何でしょう」

「俺の仕事は、大和建工の契約解除を撤回させることや。トラブルの背景や、そこにいる者に気をとられすぎるな」

「肝に銘じておきます」

言って、江坂が携帯電話を手にした。耳にあてる。

「はい、江坂……了解。大阪駅の中央口改札で待つ」

通話を切り、顔をむける。

「三人が新大阪駅に着きました。ここに連れてきても構いませんか」

「好きにしろ。俺は散歩してくる」

鶴谷はグラスを空けた。

できるだけ、木村の部下との接触は避けたい。江坂然り、東和地所の杉江もまた然り、距離感がずれてきているのは自覚している。

北新地本通にあるタクシー会社の近くでタクシーを降りた。

クリスマスがおわっても、夜の街は熱気がある。午後十時前。通りはご機嫌そうな男らであふれていた。クラブの黒服たちの顔にも余裕がある。

堂島方面へ歩く。

路地角にいた江坂が近づいてくる。

鶴谷は先に声をかけた。

「おまえも来たのか」

「はい。三人なので、ばらばらになったとき必要かと」

「今永と美原……もうひとりは誰や」

「現在、照会中です」

写真を撮ったということだ。

二十分ほど前、江坂から電話があった。

──美原が北新地のクラブに入りました。八時半、安高組の今永と素性不明の男もおなじ店に……食事のあと、ホステスと同伴したものと思われます――

前回も大阪入りした下川が今永を、佐々岡が美原を監視していたそうで、江坂は北新地で下川と交代したという。

「佐々岡はどこや」

「ビルのエントランスを見張っています」

鶴谷は視線をあげた。

左斜め前のテナントビルの三階に『弥生《やよい》』がある。老舗のクラブだ。大阪で暮らしていたころ白岩や南港建機の茶野と何度か遊び、東京に移り住んでからも二、三度、店を覗いたことがある。

江坂がベージュのステンカラーコートのポケットをさぐり、耳にイヤフォンを挿した。短いやりとりのあと目を合わせる。

「もうひとりの素性が判明しました。市の建設局の北村です」

「ついて来い。店に入る」

江坂が目を見開いた。

「いいのですか。美原がいるのですよ。今永にばれます」

「とっくにばれているさ。おそらく、自分らが監視されているのも承知よ」

鶴谷は目で笑い、歩きだした。

佐々岡は路肩の電信柱のそばに立っていた。黒のブルゾンに茶色のコーデュロイのパンツ。やはり、堅気には見えそうにない。

動きかける佐々岡を手で制し、テナントビルに入った。


「あら、めずらしい」

エレベータードアが開くなり、あかるい声がした。

厚化粧の顔に笑みがひろがる。『弥生』のママは健在のようだ。周囲に二人の男とホステスひとりがいる。客を見送る途中だったか。

「中で待っていて」

返事もせずに店内に入った。

「鶴谷様、いらっしゃいませ」

黒服も覚えていたようだ。

「なじみの店でしたか」

江坂が耳元で言った。

勘違いしたか。鶴谷は偶然を装うつもりなどなかった。が、どうでもいい。

五十平米ほどか。老舗の店にしてはフロアがひろい。かつてのクラブは三十平米ほどがほとんどだった。百平米を超える、いわゆるオオバコの店が登場したのはバブル崩壊後のことだ。放っておいても客が来る時代はおわり、キャバクラが出現したことも影響したといわれている。キャバクラに客を奪われたクラブ経営者は、客の数よりも使う金額を重要視するようになった。キャバクラと一線を画していたクラブの店内でもシャンパンタワーを見かけるようになったのもこのころのことである。

左奥のコーナーボックスに案内された。

今永らは右奥にいる。男三人は笑顔だった。気づいたふうには見えない。

黒服が腰をかがめる。

「ボトルは響の17年でしたね」

「まだ、あるのか」

「もちろんです」

黒服が笑顔で答えた。

「もう一本、頼む」

「かしこまりました」

黒服と入れ違いに、二人のホステスがやってきた。

背の高いほうは憶えている。名前はたしか麻美。前回来たときは新人だった。

「おひさしぶりです」

「まだ、おったんか」

関西訛りが強くなった。大阪の夜の街で遊べばそうなる。

「おったよ」

女もくだけた口調で答え、鶴谷と江坂の間に座った。

もうひとりの女が正面の補助椅子に腰をおろした。名刺を手にした。

「リンです」

「競輪が趣味か」

鶴谷のひと言に、リンが目を白黒させる。

「俺は競輪選手よ」

「ええっ」

こんどはのけ反った。

麻美が口をはさむ。

「相手にしたらあかん。鶴谷さんはうそつきやさかい。うちが初めて席に着いたときは、地面師やと言うてた」

「何ですか、地面師て」

「他人の土地を騙しとる連中よ」

「へえ」

リンが頓狂な声を発したところへ、ママがやってきた。鶴谷の横に座る。

「ツルちゃん、こっちにいつ来たの」

「夕方や。ここが口開けよ」

ママの瞳が端に寄る。ややあって、両手で鶴谷の左手をつつんだ。

「来年の二月にも来て」

「喜寿の祝いか」

「失礼な。古希を迎えたばかりなのに」

怒った口調でも、顔は笑っている。

「四十周年……待っているからね」

「待たんでええ。あすも知れん身や」

「大丈夫。ツルちゃんは踏み潰されても死なん」

「俺はゴキブリか」

麻美がくすくす笑う。リンはぽかんとしている。

「鶴谷さん」

声がして、視線を移した。

美原がそばに来て、すこし腰をかがめた。

「こんなところでお会いするなんて……偶然ですか」

「どうやろ」

鶴谷はそっけなく返した。

今永に言われ、さぐりを入れに来たか。酔狂でないことは確かだ。

江坂の顔が強張っている。ママの瞳が左右に動き、くちびるも動いた。

「鶴谷さんとは古いつき合いなの」

よそよそしいもの言いに変わった。

「そうでしたか。いや、失礼。お邪魔しました」

言って、美原が背をむけた。

鶴谷は煙草を喫いつけた。

ママが顔を寄せる。

「美原さんを知っているの」

「つい先日、話をした。やつはよく来るのか」

「この二、三年よ。一緒にいる方に連れられて来た」

鶴谷は今永の席をちらりと見た。

「どっちや」

「白髪の方」

ママは名前を言わない。客商売として筋を通しているのだ。

鶴谷は視線をずらし、江坂に声をかけた。

「北新地の女はあっけらかんとしているようで、根はしたたかや」

「根もやさしそうに見えますが」

「そうやろ」麻美が返した。「鶴谷さんは女を見る目がないねん」

「そんな目はいらん」

さらりと返し、グラスを傾けた。

ママが口をひらく。

「シロちゃんはどうしているの」

白岩のことだ。ママは、気心の知れた客はだれでもちゃん付けする。

「生きとる」

「そら、そうやわ。あの白熊は鉄砲で撃たれてもくたばらん」

江坂が吹きだした。

すかさず、ママが江坂に話しかける。

「シロちゃんを知っているの」

「ええ。有名人ですから」

「同業なの」

「似たような稼業です」

ママが目をまるくした。

「そうよね。ツルちゃんもろくでなしだもん」

江坂が破顔した。

鶴谷は、にやにやしながら二人の話を聞いていた。


ひとりでヒルトンプラザイースト二階にある『B bar Umeda』に行き、スコッチのオンザロックを飲んで『グランヴィア大阪』に戻った。

今永らは閉店間際まで『弥生』にいた。

江坂は先に出て、三人の尾行に備えた。今永は佐々岡、美原は江坂、北村には下川がついたという。店を出た三人はすぐに別々になり、今永と北村は帰宅、美原はタクシーでミナミの曾根崎町に移動し、バーに入った。江坂は路上で待機しているという報告を受け、『B bar Umeda』をあとにしたのだった。

シャワーを浴びてパジャマに着替え、水割りのグラスを手にソファに座った。

時刻はまもなく午前一時になる。

あすは木村が来る。これからが本番か。

そんなことを思い、煙草をくゆらせた。

テーブルのスマートフォンがふるえだした。手にとり、画面を見る。白岩だ。イヤフォンを耳に挿した。長話になりそうだ。

《何してんねん》

「寝酒よ」

《あほくさ》あきれたように言う。《まめに連絡をよこさんかい。わいは雇い主や》

「はいはい」

ぞんざいに返した。

舌を打つ音が聞こえた。

煙草をふかし、言葉をたした。

「今永と美原が接触した」

北新地での出来事を教えた。

《弥生のおかんから話を聞いたか》

「今永のことならむりや。あのママは口が堅い」

《そうよな》

白岩があっさり返した。

鶴谷は水割りを飲んだ。

「おまえのほうはどうや」

《どこまで話したかな》

「ボケが始まったのか。おととい、大和建工の湯本に会ったところまでや」

きのうの午前中に白岩から連絡があった。

白岩が湯本に会うのは想定内だった。南港建機の茶野の紹介で、二人は知り合い、一時期、白岩が大和建工から捌きの依頼を受けていたことは知っている。そういうこともあって、湯本を監視対象からはずしたのだった。

――大和建工と南港建設のトラブルにかぎれば、安高組の今永と大和建工の美原が深く関与し、西山と北村が調整に動いた……そういうことやろ――

江坂に推論を話したのは、白岩と東和地所の杉江から情報を得たからである。

《きのうは、ＫＲＫの生方を事務所に呼んだ》
「また痛めつけたのか」
《手が腐る。生方は先週の金曜に関鉄エンタープライズの植田と、今週の月曜は副首都推進局の福沢と……北新地で遊んだ》
「おい」声が強くなる。「初耳や」
《会うたことだけなら情報とは言わん。生方から話を聞くのが先よ》
「生方を監視していたのか」
《わいのやることにぬかりはない。あいつは生まれ変わっても性根は変わらん》
「………」
肩をすぼめ、ソファにもたれた。
白岩が続ける。
《おまえの要求をのんだ翌日、関西電鉄の渡辺は生方から事情を聞いた。関鉄エンタープライズの植田からも、副首都推進局の福沢からも……三人から話を聞いて、渡辺の復讐心は燃え盛ったことやろ》
「たのしそうに言うな」
《おまえを焚きつけるのが、わいの役目や》

「よけいなお世話よ」
《植田やが》口調が変わった。《外部の生方や福沢はともかく、植田がのほほんとしとるのは気になる。生方によれば、渡辺に叱責されても植田は萎縮することなく、自分のことは何の心配もしていないと生方に言い切ったそうな》
「虎の尻尾を摑んでいるわけか」
《キンタマやろ。で、生方に頼んだ。のんきにしとる理由を聞きだせと》
「やつにやれるのか」
《やる。生き延びるためには何でもやる男や。八方に、そのくり返しよ》
「そんなやつを調教できるのはおまえだけやな」
《すべてはおまえのためや》
「……………」
返す言葉が見つからない。
《わいがボケたら、おまえが介護せえ》
「ボケても生きたければ、嫁をもらえ」
言い置き、通話を切った。
とっさにでたひと言だった。花房組の先代の言葉が頭に残っていたようだ。

——おまえにしかできんことや。光義をその気にさせてくれんか——

——好子のことよ……おまえ、どう思う。わしも嫁も、光義の嫁になれるのは好子しかおらんと思うてる——

鶴谷は水割りを飲み、息を吐いた。

白岩はどう反応したのだろうか。


翌日の昼前、南港建機の茶野がホテルを訪ねてきた。

レストルームに入るや、茶野は、壁際にならぶ機材に目を見張った。

先ほどまで二人の調査員がデータ分析と映像解析を行なっていた。茶野から訪問したい旨の連絡を受けて、二人には席をはずさせた。

茶野が四つあるパソコンのひとつを指さした。

地図の中に赤い丸印が四つある。ひとつは動いている。

「これは何かな」

「GPSです」

「さすが名うての捌き屋……やることが徹底している」

「通信機器の進歩にはついていけません。座ってください」

茶野が室内を見回し、ソファに腰をおろした。ダークグレーのスーツにブラウンのネクタイ。頭はワックスをかけたかのようにてかっている。革靴も手入れされている。

「お茶かコーヒーか。それとも酒にしますか」

「コーヒーを」

鶴谷は茶野の正面に座し、テーブルのポットを手にした。

茶野がコーヒーを飲み、ひとつ息を吐いた。もうひと口飲んでカップを置く。

「仕事中に申し訳ない」

「とんでもない。わざわざお越しいただき、恐縮しております」

鶴谷も丁寧に返した。

電話でのやりとりが気になっている。

《茶野です。いま、どちらですか》

のっけから他人行儀な口調だった。

「ホテルにいます」

《グランヴィア大阪だね。これから伺ってもよろしいか》

「かまいませんが……自分がでかけますよ。昼飯でも食べましょう」
《いやいや。ご報告したいことがあって……済めばすぐに退散するよ》
鶴谷は言葉を控えた。
電話であれこれ訊くのは失礼な気がした。時間を決め、十九階のフロントロビーで待ち合わせることにした。カードキーがなければ客室階にはあがれない。

茶野がおもむろに口をひらいた。

「先ほど、本社にでむき、辞表を提出した」

「…………」

言葉がでない。まばたきをくり返した。

「あなたと白岩さんにむりを頼んでおきながら……申し訳ない」

「理由を教えてください」

「そうせざるを得なかった」

「南港建設の意思というわけですか」

茶野がゆっくり首をふる。

「おととい、市の建設局に呼びだされた」

感情が動いたか。表情が険しくなっている。

「建設局の誰ですか」

「北村局長。都市整備局の西山局長も同席した」

「何を言われたのですか」

「わたしが市と業者間で交わした情報を外部に洩らした……ある筋からそういう指摘を受けたが、事実かと」

「どう答えたのです」

「身に覚えがないとは言えない。北村局長とは長いつき合いだからね。わたしを呼びつけたということは、それなりの確証があるか、ある筋から圧力をかけられたか……わたしがうそをつけば、北村局長に迷惑が及ぶ……そう判断した」

「…………」

鶴谷は息をつき、思いだしたように煙草をくわえた。

頭の中がめまぐるしく動きだした。何人かの名前がうかんだ。

茶野が続ける。

「あなたの名前はだしていない。仕事の関係上、やむなく手持ちの情報を提供するはめになったと、謝罪した」

「で、相手の反応は」

言って、煙草に火を点けた。

「市としては、南港建設への処分をふくめ、検討せざるを得ないと言われたよ」

「南港建設まで持ちだしたのですか」

「抵抗はしたが……」茶野がくちびるを嚙む。ややあって、口をひらいた。「そう言われても仕方ない。市の工事を受注しているのは南港建設だからね」

「……………」

鶴谷は首をひねった。

南港建設はすでに重すぎる処分を受けた。大和建工からの契約解除通告である。白岩や杉江の情報からして、北村がそれを知らぬわけがない。それなのにどうして、茶野に事実確認をし、南港建設の処分をちらつかせたのか。

考えるまでもない。茶野個人への圧力である。

煙草をふかし、話しかける。

「面談の場で、辞職を口にしたのですか」

「しない。納得がいかなくて……もやもやしたものがあった。それに、あなたや白岩さんを担ぎだした手前もある」茶野が顎をあげた。しばらく天井のどこかを見つめたあと、ため息まじりの息をつき、視線を戻した。「じつはね、今回のトラブルが解決すれば……結果がどうであれ、本社に辞表を提出するつもりだった」

「筋目の話ですか」

「そう。先日も言ったが、前回のあなたの仕事に協力したことを後悔はしていない。が、大切なクライアントである市の内部情報を洩らしたのは事実……その責任はとらなければならない。情報漏洩の件がばれなかったとしても、それで市や本社への背信行為が消えるわけではないからね」

「…………」

鶴谷は顔をゆがめた。

穴があれば入りたい気分だ。

——自分は反省しています。もっと、あなたの立場に配慮すべきだった——

四日前、口にした言葉のなんと軽いことか。

だがしかし、顔を背け、この場から逃げだすわけにはいかない。

仕事を完遂するためなら利用できるものは何でも利用する。

そう嘯《うそぶ》いて生きてきたのだ。

——自分は、稼業に私情を絡めない。恩義も信義も捨てる——

茶野に語ったその信条だけは捨てたくない。

それこそ、茶野の温情を無にしてしまう。

臍《へそ》の下に力を込め、茶野を見据えた。

「北村は、大京電鉄と西本興業のトラブルにふれたのですか」

「一切なかった」

茶野の声に力が戻った。

話している内に気持ちがおちついたか。鶴谷の表情に何かを感じたか。

鶴谷はわずかに残っていたためらいを捨てた。

「大和建工の美原は、電話で頻繁に北村と話をしています」

「それはそうだろう。市関連の建設事業で大和建工がはずされることは滅多にない。北村局長と美原専務の仲が良いのは業界の誰もが知っている」

鶴谷は頷き、口をひらいた。

「頻繁にと強調したのにはわけがあります。今月に入って……とくに、自分が大京電鉄からの仕事をおえたあと、美原と北村の電話でのやりとりが増えた。おそらく、二人は直に会っていたものと思われます」

「…………」

茶野が眉をひそめた。

己の推測と照らし合わせているのか。そんなふうにも思える。

鶴谷は煙草をふかし、灰皿に消した。

「美原が北村に電話をかけたのは、安高組の今永と電話で話したあとです」

「それは」茶野が目を見開く。「今永専務の指示を受けてということかな」

「現時点では自分の推測……いずれ、はっきりさせます」

茶野に話せるのはここまでだ。

前回の案件が片づいたあと、関西電鉄の渡辺と安高組の今永が接触したことは教えられない。自分が渡辺に談判したことを、茶野は知らないのだ。

大和建工は安高組の圧力を受けて契約解除の決断を下した。安高組を動かしたのは関西電鉄の渡辺。そんな話をすれば、茶野は途方に暮れる。

「鶴谷さん」

声がして、逸らしていた視線を戻した。

茶野の双眸が熱を帯びていた。

「お願いです。南港建設の窮地……救ってください」

言って、深々と頭をさげた。

鶴谷は答えられなかった。

請けた仕事は何としてもやり遂げる。

そんなひと言も空々しく思える。


午後五時過ぎ、客室のチャイムが鳴った。

鶴谷がドアを開けると、木村がにこりとした。

濃紺のスーツにグレーのステンカラーコート。左手におおきなボストンバッグ、右手にはキャリーバッグを引いている。

「家出してきたのか」

「はい。女房が角を生やしています」

あっけらかんと答えた。

術後の静養を兼ねて、女房が温泉旅館を予約していたのか。

そんなことがうかんだが、声にしても意味がない。

「長逗留する気なら、荷物を部屋に置いてこい」

この階まであがれたのはチェックインを済ませたということだ。木村にはおなじ階のツインルームを用意した。

木村は荷物とコートを部屋に置き、すぐに戻ってきた。

ずいぶんと顔色が良くなっている。

「何を飲む」

「コーヒーをください」

声もあかるい。

鶴谷は気分が軽くなった。前回会ったときはカフェ・オ・レにしていた。

「自分で淹れろ」

言って、鶴谷はオールドパーの水割りをつくった。ソファに座る。

「検査の結果は」

「レントゲンとCTを撮りました。内視鏡検査の必要はないそうです」

「便秘は治ったのか」

「まだ強制排除中です。が、時間の問題でしょう。しっかり食べて、細くなった腸管が元に戻れば完治です」

「油断するな」

水割りを飲んで煙草を喫いつける。ふかし、話しかける。

「あらたな報告はあるか」

「ひとつだけ。北浜の鰻屋の近くに停まっていた車の所有者の素性が知れました。寝屋川市の自動車修理工場に勤務……経営者の息子です。元暴走族。四年前に恐喝と傷害で、執行猶予付きの有罪判決を受けていました。残念ながら、鶴谷さんが見たという二人連れの素性は判明していません」

「その件はもういい。所有者の身辺調査は長尾に依頼した」

正確には白岩経由だが、木村は探偵の長尾と面識がある。

「現在、東京では、六名の過去の行動をGPSで追跡、分析しています」

鶴谷は頷き、テーブルの資料に目をやった。

優信調査事務所の調査員が監視しているのは六人。関鉄エンタープライズの植田、安高組の今永、大和建工の美原、副首都推進局の福沢、建設局の北村、都市整備局の西山。福沢は、昨夜、白岩と電話で話したあと追加した。

木村が言葉をたした。

「こちらの調査は進んでいますか」

「相手の顔ぶれは出揃った。肝心なのはこれからよ」

言って、鶴谷は小首を傾げた。

茶野が辞職する件を話すか否か、躊躇した。

すかさず、木村が前かがみになる。

「どうしました。何かあったのですか」

早口になった。早くも目が熱を帯びかけている。

ふかした煙草を消し、ゆっくり首をまわした。

「南港建機の茶野さんが辞職する」

木村が眉を曇らせた。

「俺のせいや」ぽつりと言った。不思議なほど感情は凪いでいる。「おとい、茶野さんは建設局の北村に呼ばれ、市役所にでむいた。都市整備局の西山も同席する中、茶野さんに情報漏洩の疑いがあると、詰問された」

言って水割りを飲み、茶野とのやりとりを詳細に話した。推論は控えた。

無言で聞いていた木村が顔をゆがめる。

「汚い」吐き捨てるように言う。「南港建設にダメージを与えるだけでは気が済まないということですね」

「そうやない」

「えっ」

「むこうにしてみれば筋書きどおり」

木村が目をぱちくりさせ、顔を突きだした。

「どういうことです」

「契約解除は、俺を引っ張りだすための手段。思惑どおりの展開になったあと、茶野さんに報復した」

「そう言われれば、順番が逆ですね」

「ああ。普通なら、茶野さんに事実確認を行なったあと、制裁を科す。大和建工のいう背信行為が茶野さんによる情報漏洩を指しているのなら、なおさらのことや」

「……………」

木村が口をぱくぱくさせたが、声にならない。

疑念と推測が飛び交い、頭の中が混乱を来《きた》しているのか。

「契約解除は序章、茶野さんの件は第一章……復讐劇の始まりよ」

「ということは」木村がさらに前かがみになる。「仕掛け人は関西電鉄の渡辺……渡辺は、鶴谷さんへの憎悪を剝きだしにした……そういうことですか」

鶴谷はこくりと頷いた。

木村が口をひらく。

「そのこと、白岩さんも承知なのですか」

「光義が先や。俺が光義の依頼を請けたとき、やつは言い切った。渡辺は、一介の捌き屋に苦汁を嘗めさせられた。南港建設が万博工事からはずされたのは、茶野さんへの懲罰やない。俺への意趣返し、復讐やと。俺は異を唱えなかった」

「鶴谷さんも、白岩さんも、すべてを丸呑みして依頼を請けたのですか」

「自分で蒔いた種は自分で刈るしかない」

こともなげに言い、煙草をくわえた。火を点け、視線を戻す。

「これまでの仕事とは事情も背景も異なる」

「手の込んだ回りくどいまねを。鶴谷さんへの復讐なら……」

木村が語尾を沈めた。

「銃声一発か」

鶴谷が千代田区大手町にある東和地所本社の前で銃撃されたとき、そばには木村と江坂がいた。襲撃者を見て庇おうとした木村を突き飛ばし、銃弾を食らった。

木村が姿勢を戻し、肩で息をする。

鶴谷は話を続けた。

「渡辺は関西を代表する企業人。やくざやない。俺に泥水を飲ませ、捌き屋として生きていけないようにしたいのやろ」

「渡辺を失脚させましょう」

木村が語気を強くした。

目が据わっている。沸きあがる怒りを抑えきれないのか。

鶴谷は木村を睨むように見つめた。

「どうする」

「インサイダー取引を使えば、一発で勝負がつきます」

「あかん。渡辺に約束した。俺の要求をのめばすべて忘れると」

「しかし」木村が食いさがる。「約束を破ったのはむこうです」

「そうやない。今後、御社が何をしようと、いっさい関与しないとも言い切った」

「…………」

木村が眉尻をさげた。

何か言いたそうな顔になったが、くちびるは結んでいる。

信義の根っこは約束。木村は、鶴谷の信条を理解している。

鶴谷は言葉をたした。

「第二弾、第三弾も用意しているやろ。いまのうちに降りてもいいぞ」

「見くびらないでください」

木村が声を張った。

顔が紅潮し、膝の上の拳がふるえた。

「何があろうとも、仕事はやり遂げます」

「おまえはそれでもいい」

鶴谷はあとに続く言葉をのんだ。

いまさら言うことではない。

木村の部下のひとりを死なせ、江坂ら数人が負傷しているのだ。

おまえは弱気になっているのか。張り子の虎だったのか。

頭の片隅で声がした。

「後悔しないよう、できるかぎりの対策は講じます」

「…………」

鶴谷は目で頷いた。

どんな言葉を口にしても、己にはね返ってくる。

「自分と白岩さん……ほかに、第二、第三の的になりそうな人はいますか」

「何とも言えん」

本音である。

調査員の江坂や照井は前回で顔が知られている。まさかとは思うが、東和地所の杉江や『菜花《なのはな》』の菜衣が脳裏にちらつくこともある。

「鶴谷さん」

木村が声を発した。目がおおきくなっている。

「いずれにしても、最終章の的は鶴谷さん、あなたです」

「承知よ」

木村が背筋を伸ばした。

「お願いがあります」

「何や」

「自分の好きなようにやらせてください」

「ん」

「伊勢志摩での集合写真……あれ一枚で、渡辺は業界から抹殺されます」

「止めろ」

鶴谷は声を張った。

木村が身を乗りだした。

「ほかに、方法が思いつきません。情報の出処がばれないよう慎重を期します。警視庁にも、あなたにも、白岩さんにも迷惑が及ばないようにやります」

「そんなことができると、ほんとうに思っているのか」

鶴谷は凄むように言った。

木村が己ひとりの責任で行動しようとしているのはあきらかだ。

しかし、木村が割腹自殺を図ろうと、それで片が付くことではない。あの集合写真は日本の権力構造を写したものである。渡辺の存在など微々たるものだ。

己ひとりの命で済むのなら、自分もおなじ行動にでるかも知れない。が、そうはならない。国家権力は警察に徹底捜査を命じ、裏では暴力団を利用する。しかも、すでに明神一家の松島があらわれ、白岩と面を合わせた。明神一家が前面に立てば、白岩ばかりか、協力者の皆が危険に身をさらすことになる。

鶴谷はあおるように水割りを飲み、グラスを空けた。

「もう止そう」静かに言った。「すべては推測の上の話や」

「それはそうですが……」

木村が語尾を沈めた。

夜を徹して話を続けても、埒があかないことはわかっているのだ。

鶴谷は表情を弛めた。

「鮨屋でいいか。と言っても、握りは滅多に食わないが」

「そのほうがありがたいです。お米を食べると、すぐに腹が一杯になって」

木村も目元を弛めた。

「魚は美味い。東京では名の売れた鮨屋でも食えん」

「連れて行ってください。冥土の土産にします」

「あほなことを……」

鶴谷は苦笑を洩らした。

つい口が滑ったとは思えない。

西区新町にある『新町冨久鮓』を出て、タクシーに乗った。

「この歳になって初めて、魚本来の味を知りました」

木村が声をはずませた。

最初にでてきた淡路島で獲れた真鯛の刺身を口にしたときから木村は目をぱちくりさせ、顔をほころばせた。

「白身は一日二日寝かせたほうが好みやが、あそこは別や」

「あんなに厚く切るのも素材に自信があるからですね。それにしても、歯ごたえといい、噛むほどに増す旨味といい……香住ガニも十五年もののハマグリも絶品でした。もう、すべてが目からウロコです」

「何よりや」

「残念なのは、フグの白子酒をもう一杯……たのしみたかった」

木村が口惜しそうに言った。

酒が過ぎるのを、鶴谷が窘《たしな》めたわけではない。心配しても、遊びの場では好きにさせている。木村は自制したのだ。

「ところで」木村が言う。「白岩さんは何をしているのですか」

「やつのやり方でやっている。俺が大和建工に挨拶に行った日の夜、光義は大和建工の執行役員の湯本と酒を飲んだ」

「湯本……記憶にありませんが」

「監視対象者からはずした。俺も面識はあるが、光義は湯本と親しい。茶野さんの紹介で知り合い、一時期、光義は大和建工の仕事をしていた」

「捌きですか」

「ああ。その当時、湯本は工事現場を仕切っていた」

「大丈夫なのですか」

木村が不安そうに言った。

大和建工の美原専務の耳に入ることを危惧したか。

「思いつきで動いているように見えるが、実際はそうやない。光義には人を見る目がある。後先考えずに行動できる決断力もある。おまけに、どういう展開になろうと対応する能力がある。稀有な男よ」

「そうですね」

木村が相槌を打った。納得の顔になる。

「光義は、美原のことを知りたかったんやろ」

「大和建工の依頼を請けていたのに、美原とは面識がなかったのですか」

「湯本は現場からの叩き上げで、美原は営業ひと筋。湯本と美原も接触する機会がなかったそうや。美原は、関西電鉄や安高組との連携で実績を積み、来年の株主総会で次期社長になるのは確実らしい」

「美原と湯本の仲はどうなのですか」

「知らん。湯本は、社への恩義を口にしたそうや。が、美原の人脈は教えてくれた。関西電鉄の渡辺、安高組の今永……湯本からの情報よ」

「そうでしたか」

鶴谷は窓のそとに目をむけた。

タクシーは土佐堀通に架かる橋を走っている。その先の堂島川を渡れば、右手に堂島アバンザが見える。

視線を戻した。

「おとといは、KRKの生方を事務所に呼びつけた」

「えっ」木村が目を剝いた。「裏切り者を……それこそ大丈夫なのですか」

「何遍も言わせるな。端から信用していない生方を情報屋として使うような男よ」

「こんどは何を」

「先の捌きが解決したあとも、光義は、長尾に生方を監視させていた」

言って、昨夜の電話でのやりとりを教えた。

「渡辺のキンタマ……興味津々です」

木村の目が光った。

「おまえ、両刀遣いか」

「それなら、鶴谷さんを押し倒しています」

木村が目で笑った。

あきれてものが言えない。運転手に声をかけた。

「新地上通に入ってくれ」

　行先は新地本通にある店だが、一方通行で進入できない。

　堂島アバンザの先の路地に入るや、タクシーが徐行を始めた。

　路上は人で溢れていた。ことし最後の仕事をおえたのか、皆、顔があかるい。

　北新地の飲食店の大半も今宵が仕事納めになる。

　それもあって、木村を誘ったのだった。


　日付が変わる前に『弥生』を出た。

　木村をタクシーに乗せ、鶴谷は大阪駅のほうへむかって歩きだした。木村と同乗してもよかったのだが、確かめたい気分が勝った。

　新地上通にある『grand bar』を出た直後のことである。

　――うちはあしたもやっているから、来てね――

　マダムの五月の声がしてふりむいた。

　そのとき、エントランスの壁にもたれる二人連れの男を目にした。

　見覚えはなかった。やくざなのかもわからなかった。とにかくサラリーマンでないのは確かで、かといって遊びの途中のようにも見えなかった。

あとを尾《つ》いてくる気配は感じられなかった。『弥生』のあるテナントビルに入る前にちらっとふりむいたが、二人連れの姿は視認できなかった。

十分ほどでヒルトンプラザイースト館に着いた。赤いカーペットの階段をあがる。

『B bar Umeda』の扉を開けると、こんやも静かな空間がひろがっていた。

客の切れ目の時間帯なのか。先客は二組。シャンデリアの前のボックス席に三人の女、カウンターの中ほどに四十代と思しきカップルがいる。

鶴谷は、カウンター奥の席に座り、スコッチのオンザロックを注文した。

クリアとレッド。バカラ製の招き猫を見ながらグラスを傾ける。

二本目の煙草を喫いつけたところに、『弥生』の麻美があらわれた。

トレンチコートを脱ぎ、鶴谷のとなりに座る。

「一緒に出たらよかったのに」

「おまえのファンに失礼や」

笑顔で返した。

そうするつもりだったが、二人組が気になった。自分に張り付いているのなら、麻美に迷惑がかかるかも知れない。『弥生』には今永も美原も通っている。

バーテンダーにハイボールを頼み、麻美がレッドの招き猫を手にとった。

「かわいい」目を細める。「おカネも貯まりそう」

吹きだしそうになった。

趣味は貯金。そう聞いたことがある。

「残念やな。金運は右手や」

「えっ」

麻美がのけ反った。

右手を挙げた招き猫は金運、左手は人に恵まれる。レッドは左手だ。

麻美が招き猫を赤い座布団の上に戻した。

バーテンダーがハイボールをコースターに載せる。

「ゴールドとミッドナイトもありますよ」

言って、金色と紺色の招き猫もならべた。

両肘をつき、麻美がゴールドの招き猫を見つめる。右手を挙げている。しばらくしてため息をつき、姿勢を戻した。ハイボールを飲んで顔をむける。

「話って、大和建工の美原さんのことやろ」

何食わぬ顔で言った。

「賢いな」

「ほかに考えられんもん。口説かれた覚えはないし……食事に連れて行ってくれたんも一回きり。メールしても返事は〈うん〉か〈またな〉……愛想なしや」

「よう覚えているな」

鶴谷は忘れていた。天神町のお好み焼き屋に行ったことだけは覚えていた。経営者夫婦が高齢のため店を畳むと聞いて食べに行った。

煙草をふかし、言葉をたした。

「美原の席に着いたことはあるか」

「毎回。うちは色気がないのに呼んでくれる」

飾らないもの言いは初対面のときから変わらない。

「白髪の男は」

「安高組の今永さんやね。滅多に着くことはない」

「今永のほかに、美原は誰と来る」

「取引先の人……市役所の人とも来るよ」

「あのとき一緒にいた男を覚えているか」

「うん。北村さんね。美原さんと何回か来たことがある」

「役人で、北村のほかには」

麻美が首を傾げた。

矢継早の質問に不安を覚えたか。

「おまえに迷惑はかけん。見たことだけ教えてくれ」

「まあ、いいか」麻美が肩をすぼめる。「西山さんと福沢さん……福沢さんは一回きりやけど、ほかのお客さんの席にいるのを見かけたことがある」

「誰や」

「関西電鉄の専務」

「渡辺か」

麻美が目をぱちくりさせた。

「仕事で会ったことがある。なかなかの男や」

「ふーん」

麻美が首をひねり、グラスを持った。

白い咽が蠢いた。息をつき、口をひらく。

「ママが言うてた。関西電鉄の専務とは三十年来のつき合いで、いろんな方を紹介してくれたって。安高組の今永さんもそうみたい」

「渡辺の席には着かないのか」

「好かれてないんやわ。うちも肩苦しい席は苦手やねん」

鶴谷は目元を弛めた。

「参考になった」

「もうええの」

「最後にひとつ……店に、美原の好みの女はいるか」

麻美が瞳を端に寄せた。ややあって、口をひらく。

「退店したさかい教えてあげる。麗華という人にぞっこんやった」

「その女、よそに移ったのか」

「ミナミの宗右衛門でラウンジを始めたみたい。元々、ミナミのキャバクラで働いていたとか……オープンはことしの九月だったか……美原さんに誘われて、マダムが開店祝いに行ったと聞いた」

「店の名は」

「聞いたような気がするけど、覚えてない。興味ないもん」

鶴谷はグラスを空け、ふかした煙草を消した。

「おまえ、カネを貯めて商売でもやるのか」

麻美が首をふる。

「うち、親に孝行がしたいねん」

鶴谷はバーテンダーを呼んだ。

「ゴールドの猫を箱に入れてくれ。座布団付きで」

「贈り物ですか」

「この子にあげる」

「やった」

麻美が声をはずませた。

★

★

大きな音がして目が覚めた。

照明を点け、サイドテーブルの置き時計を見る。午前四時になるところだ。

窓のそとが騒がしくなった。わめき声も聞こえる。

白岩は身体を起こした。事務所二階の寝室で寝ていた。

「親分」

大声のあとドアが開き、坂本が飛び込んできた。パジャマを着ている。

「ダンプカーが突っ込みました」

「けが人は」

「わかりません」

白岩はベッドを離れ、カーテンに手をかけた。窓も開ける。

冷たい風が肌を刺した。

ダンプカーが左の門柱にぶつかり、停止している。そのまわりに三人の男。部屋住みの若衆か。玄関の灯がこぼれても薄暗く面相はよくわからない。

白岩を押しのけるようにして、坂本が声を発した。

「乗っていた野郎はどうした」

下にいるひとりが顔をあげる。

「二人が商店街のほうへ逃げました。三人が追っています」

甲高い声で答えた。

白岩は坂本に声をかける。

「大声をだすな。ご近所に迷惑や」

「すみません」

「下に行って、連中に指示しろ。間違っても、道具は持つな」

返事をし、坂本が部屋を飛びだした。

白岩は白のジャージに着替え、一階に降りた。ソファに座り、携帯電話の電源を切った。ひっきりなしに電話がかかってくるのは目に見えている。

煙草を喫いつけたところに、坂本がやってきた。

「軽挙妄動は慎むよう指示しました」

「おまえも着替えろ。警察に通報したか」

坂本が目を見開いた。

「してもいいのですか」

「あたりまえや。市民の義務よ」

言いおえる前に、パトカーのサイレン音が聞こえてきた。

「コーヒーを頼む。その前に着替えろ。みっともない」

「はい」

坂本がきびすを返した。

煙草をふかし、ゆっくり首をまわした。

想定内の出来事ともいえる。

きのうの深夜に鶴谷から連絡があった。

──茶野さんが辞表をだした。市役所に呼びつけられ、情報漏洩の疑いがあると、詰問されたそうや。くわしくはあした……おまえも気をつけろ──

鶴谷が一方的に喋り、通話が切れた。教えられたのは、茶野が建設局の北村および都市整備局の西山と面談したということだけである。

おまえも気をつけろ。

意味は考えるまでもなかった。

関西電鉄の渡辺の怨念のほどを知った。

携帯電話を見たが、手にとらなかった。夜明け前である。それに、大騒ぎすることでもない。相手が銃弾を飛ばし、窓ガラスを割ってもおなじことだ。

坂本がコーヒーを運んできた。濃紺のスエットの上下に着替えていた。

「入るぞ」

声がして、二人の男があらわれた。

亀井と藪田。亀井は曾根崎署組織犯罪対策課四係の係長、刑事部長の藪田の部下だ。

藪田は亀井から紹介された。

亀井が正面に座った。顔を近づける。

「何があった」

「こっちの台詞や。ダンプに乗っていた連中を見つけたか」

「あほなことを……さっき着いたところや」ぞんざいに言う。「正直に答えろ。どこかと揉めているのか」

「平和すぎて退屈しとる。居眠り運転やないのか」

「おい、白岩」亀井が腰をうかした。「おちょくっているのか」

藪田があわてて亀井の肩に手をかけた。亀井のとなりに座っている。

亀井はマル暴担当一筋の刑事で、二年後には定年を迎える。先代の花房とも親交がある。一時期、曾根崎署を離れたが、五年前に戻ってきた。当時は藪田が部下で、大阪府警察本部から異動してきたばかりだった。

亀井が藪田を睨み、不機嫌を露にした。それでも文句は言わない。言える筋合いでもない。亀井はたかりの名人である。若頭の和田は何度も亀井に声をかけられているという。愚痴をこぼさない和田もほとほと迷惑しているようだ。

藪田が視線をむけた。

「白岩さん、ほんとうにトラブルはかかえてないのやな」

「天神様に誓ってもええ」

「天地神明だろう」

口をはさんだ亀井を目で黙らせる。

「お初天神様は家の護り本尊や」語気を強め、藪田にも声をかける。「捜査には協力する。若衆にも指示しておく」

「助かる。防犯カメラの映像は見たか」

右の門柱の上と玄関の上部に防犯カメラが設置してある。部屋住みの若衆が交替で映像を見ているという。若衆の対応が早かったのはそのおかげだろう。

「これからよ」

「悪いが、映像はこっちで預かる」

「坂本、刑事さんが持ち帰る前に、ダビングせえ」

「はい」

坂本が部屋を飛びだした。

「そんな勝手なまねを……」

亀井が声を切った。

白岩に睨まれて平気な者などいない。

足音が聞こえた。

「親分」

ひきつった声を発し、和田が駆け込んできた。

鬼の形相になっている。いまにも拳銃を手にしそうだ。

「ご無事でしたか」

「ええところに来てくれた。おまえが二人の相手をしてやれ」

言い置き、『論語』を手にして立ちあがる。

亀井が口をひらく。

「どこへ行く」

「トイレや。繊細なもんで、下痢になった」

ついでに煙草も持った。

三十分ほど本を読んで応接室に戻った。

亀井が座っていた席に金子がいた。

「刑事はどうした」

「事務所や。俺が追い払った」

白岩はソファに座った。苦笑が洩れそうになる。

悪い予感とつまらぬ予想はよくあたる。曾根崎署の刑事、和田、金子。来る順番も的中した。おそらく、電話のほうも予想どおりだろう。

坂本が入ってきた。

「親分、何を飲まれますか」

金子の前にはお茶がある。

「わいもお茶や。皆はどうしている」

「順番に事情聴取を受けています。電話はひっきりなしに……親分の指示どおり、身内の方々にはおちついたら連絡すると伝えています」

「それでええ。先代から電話があればこっちに回せ。あとは誰の電話にもでん」

「承知しました」

「それと、夜が明けたら、ご近所の皆さんに詫びを入れて回るよう……これは何かの間違いで、花房組はどこの誰ともトラブルをおこしてないと、丁寧に説明するよう、和田に伝えい」

「はい」

坂本が背をむけた。

待っていたかのように、金子が前かがみになる。

「何があった」

金子にしては声が低い。刑事の耳を気にしているのか。

「思いあたることは何もない」

「何もないのにダンプカーが突っ込むかい。鶴谷の仕事絡みはどうや」

「わからん。どこかの組とトラブルになったとは聞いてへん」

「………」

金子が眉根を寄せた。

疑っているふうには見えないが、合点がいかないようだ。

坂本がお茶と煎餅を運んできた。

「自分はこれから事情聴取を受けます。ほかにご用はありますか」

「ない。鶴谷の名前は口にするな」

「承知しました」

きっぱりと答え、坂本が部屋を去った。

「やっぱり」金子が言う。「鶴谷か」

「勘違いするな。警察がやつのまわりをうろちょろすれば、仕事に差し障る」

「わかった。兄貴の言葉を信じる。けど、妙な胸騒ぎがするねん」

「………」

無視し、白岩は煎餅を齧った。音を立てて噛み、お茶で流し込んだ。

金子が話を続ける。

「明神一家の赤井よ。きのうも宗右衛門町にあらわれた」

「誰と……うちの黒崎か、柳井組の清原か」

金子が首をふる。

「乾分らしき野郎を連れていたそうな。清原と合流したかどうかも、どの店で遊んだのかもわからん」

「神戸よりもミナミの水が合うんやろ」

「あほな」金子があきれ顔で言う。「きのうのきょうや。勘ぐりたくもなる」

「神経がもたんぞ」

「気になれば放っておけん。俺の性分や。で、赤井を見かけたという報告を受け、南署の刑事に頼んだ。やつがどこで遊んだか、わかると思う」

金子が話しおえる前にドアが開き、石井が入ってきた。

顔が強張っている。無言で金子のとなりに腰をおろした。

金子が横をむく。

「遅いぞ、兄弟」

「すまん。準備をするのに時間がかかった」

「心構えができてないからや。うちの連中はすぐにでも地下に潜れる」

「見習うわ」

石井が真顔で答えた。

白岩はうなだれた。

先が思いやられる。


堂島アバンザの前でタクシーを降りた。

まもなく午後三時になる。

金子と石井が帰ったあと、居留守を使って寝室にこもった。本を読んでいる内に瞼が重くなった。どんな状況下でも横になれば眠ってしまう。正午前に目が覚め、内線電話で坂本を呼んだ。刑事も鑑識の連中も引きあげ、事務所は平静を取り戻したという。電話は鳴り続け、和田が対応に追われているとも聞いた。

のんびり湯船に浸かっても、頭は休めなかった。

やることは幾つもある。まずは、身内の動揺を鎮めることだ。ある程度は和田や金子にまかせるにしても、自分のひと声が大事なのはわかっている。

身内以外にも気にかける者がいる。

堂島アバンザ一階のカフェに入った。

花屋の入江好子はすでに来ていた。

店を覗いてもよかったが、若い二人の後継者がいらぬ気を遣うだろう。白岩が出入りするのを迷惑がるかも知れない。

白岩は、好子の正面に座った。

「連絡が遅くなって、すまん」

風呂からあがり、好子の携帯電話を鳴らした。

好子が首をふる。

目元を弛めたが、つくり笑いのように見えた。

ウェートレスにロイヤルミルクティーを頼み、視線を戻した。

「いつ知った」

「お昼のニュースで……電話しかけたけど、慌ただしいだろうと思って」

好子が力のない声で答えた。

「先代から連絡はあったか」

「いいえ。わたしもかけていない」

「それでええ」

やさしく言った。

好子なりに考えてのことなのはわかる。常日ごろから、好子は極道社会の話を避けている。それは白岩も、花房夫妻もおなじである。

ウェートレスがティーカップを運んできた。

好子がレモンティーを飲み、視線を合わせた。

「どうなの。面倒になるの」

「ならん。そもそも、身に覚えがない」

「そう」

好子が短く返した。

訊きたいことは山のようにあるだろう。

そう思えば丁寧に説明したくなるが、話したところで詮無いことだ。好子の胸の不安が消えるわけでもない。よけいに負荷をかけるのがおちである。

ロイヤルミルクティーを飲んでから、話しかけた。

「店員も知っているのか」

「ええ。二人とも表情が翳っていた。どんな状況なのか、わたしには質問しなかったけど、不安なんでしょう」

「迷惑はかけん。しばらく店への出入りも控える」

「そうね。来年の春にはお店の経営者になるんだもの……あかるく前向きにふるまっていても、不安も多いと思う」

「それがあたりまえや」

そっけなく返した。

二人の心中はともかく、好子が二人に遠慮しているのは感じとれた。破格の好条件で店を譲渡するのだ。そこまで気遣う必要があるのかとも思うが、好子の気持ちを無にするようなことは言えない。

「おまえも、事務所への出入りを控えろ」

「………」

好子が眉尻をさげた。

花を届けに行っているだけなのに。言いたそうなまなざしだった。

「一時のことや。身に覚えはないが、この先、何がおきるか、わからん」

「そうします」

「先代のことも、頼む」

「ええ。でも、訊かれないかしら」

「それはない。稼業の話や。わいの話になっても、それは姐さんのほうやろ。おまえにアドバイスをするかもしれん」

「勉強します」

好子の目がやさしくなった。

白岩は視線を逸らした。

ひと言多かったか。

悔やんでもあとの祭りである。

宗右衛門町の雑居ビルに入り、二階の『elegance mami』の扉を開ける。

「白岩さん、いらっしゃい」

あかるい声が響いた。

ママの岸本マミは満面の笑みだ。真っ赤なワンピースを着ている。

ブルゾンを脱いで若い従業員に手渡し、カウンター奥の席に座った。

マミがおしぼりを差しだした。

「水割りでいいの」

「ああ」

マミがマッカラン18年のボトルを手にした。水割りをつくり、チョコレートとナッツの小皿を添える。

「長尾さんが来るのね」

「ようわかるな」

「土曜はひまやねん。それに、世間はきょうから連休……うちのお客さんたち、ほとんど大阪を離れるみたい」

「おまえも店を閉めたらでかけるんかい」

「なんで」

「めかし込んでいるからや」

マミが目をまるくし、すぐに表情を弛めた。

「白岩さんが来そうな気がしてん」

「はあ」

「白岩さん、紅白が好きなんやろ」

「長尾のやつ……お喋りやな」

マミは長尾の女房の従姉妹にあたる。

「違うよ。教えてくれたんは金子さん。先週、来てくれてん」

「迷惑をかけなかったか」

「極道は白岩さんで慣れた」あっけらかんと言う。「金子さん、見かけによらずやさしいんやね。ケーキのお土産付きで、八人も連れてきてくれた」

「やつの身内か」

それなら金子を窘めるしかない。

「商店街の人たち……忘年会やと言うてた」

金子組の主な資金源は賭博と債権整理である。公営ギャンブルのノミ行為に野球賭博、賽本引《さいほんび》きの賭場も開いている。島内にある商店街の経営者は、いわゆるお客さんで、金子は彼らがトラブルをかかえれば相談に乗っているという。

扉が開き、長尾があらわれた。黒のダウンジャケットを脱ぎ、無表情で近づいてきた。格子柄のボタンダウンシャツにカーキ色のコットンパンツ。髪はぼさぼさ、口のまわりは無精髭がめだつ。身なりはいつもおなじである。

「マミ、水割り」

ぶっきらぼうに言い、顔をむけた。

「あんた、トラブルと友だちか」

「誰からも愛される性格のせいやろ」

「あほくさ」

吐いて捨てるように言い、ナッツを口に入れる。派手な音がした。

白岩は薄いチョコレートを舌にのせ、水割りを飲んだ。

マミが長尾の前にグラスを置く。

「そばにいないほうがよさそうやね」

「留守番してやってもいいぞ」

長尾が返した。

白岩は一万円札をカウンターに置いた。

「一時間でええ。あの子を連れてお茶でも飲んでこい」

マミがにこりとし、ベンチシートに座る女に声をかけた。

扉が閉まるのを見て、長尾が口をひらいた。

「心あたりはあるのか」

「あれば、おまえに頼まん」

そっけなく返した。

二度寝からめざめてすぐ長尾に電話をかけた。

長尾は事件を知っていた。朝早く、古巣の仲間から連絡があったという。連絡をよこさなかったのは捜査の手順を熟知しているからだ。自分が曾根崎署の刑事から事情を聞かれるのは想像するまでもない。

長尾が手帳を開いた。

「ダンプカーやが、きのうの午前、泉佐野署に盗難届がでていた。持主は東阪運送……砂利や建築資材の運搬をしている。おとといは会社の敷地内に停めていたが、翌日に出勤した社員がなくなっているのに気づき、警察に通報したと……所轄署は、現場周辺の聞き込みから、おとといの午後十一時からきのうの午前六時までの間に盗まれたと判断している。ちなみに、東阪運送の敷地内には二台の防犯カメラが設置されているが、故障で稼働していなかった」

「ようできた話やのう」

白岩はこともなげに言った。

長尾が目で笑う。

「東阪運送は地場の小益《こます》組とつながっている。小益組は準構成員をふくめて七人、組長の小益泰三は柳井組の直系や」

「所轄署は小益組に興味があるんか」

「ないやろ」長尾があっさり返した。「そもそも、捜査をやる気がない。点数にもならん事件で汗をかくやつなどおらん」

「調べられるか」

「何とも言えん。古巣の仲間が伝《つて》をさがしているが……期待せんでくれ」水割りを飲んで続ける。「盗難車は二十年前のもので、カーナビはなかった」

GPSでの追跡はできないということだ。

白岩は煙草を喫いつけた。ふかし、話しかける。

「曾根崎署のほうは」

「熱心や。夕方、曾根崎署に捜査本部が設置された。県警本部から捜査四課の幹部三人が出張ってきた。おかげで、主力の曾根崎署捜査一係は片隅に追いやられた。さすが、白岩光義……大物や」

「ふん」

鼻を鳴らし、グラスをあおった。空にし、ボトルを傾ける。水と氷をたした。

長尾が手帳を見てから口をひらく。

「ダンプカーに乗っていたのは二人。どちらもキャップを被り、ロング丈のダウンコートのようなものを着ていた。面相がわかるかも知れない。花房組事務所の防犯カメラは周囲が暗くて識別できなそうやが、商店街のコンビニの防犯カメラが逃走する二人を捉えていた」

「目撃者は」

「数人いる。が、証言の内容は不明……まだ捜査報告書もあがってないさかい、俺が入手できる情報もかぎりがある」

長尾の声にいらだちがまじった。

めずらしいことだ。長尾は仕事に関して、愚痴や不満を口にしたことがない。

白岩はズボンのポケットをさぐり、五十万円を長尾の前に置いた。

「別料金や」

長尾が表情も変えずに手にとり、シャツのポケットに突っ込む。

白岩は言葉をたした。

「迷惑をかけているか」

「さっき、富永さんから電話があった」

「やつも曾根崎署に出張ってきたのか」

大阪府警察本部の富永警部とは二十年来のつき合いである。長尾を紹介してくれたのも富永だった。マル暴担当一筋で、主要所轄署を転々としたあと、七年前、府警本部に転属し、捜査四課の管理管になった。

「そのようや。で、あんたのことを訊かれた」

「何を」

「あんたとの縁は続いているのか。いまもあんたの仕事をしているのかと……おかしな話や。普通なら、ダンプカーの事件に絡めて質問する」

怒ったようなもの言いになった。

白岩は首をまわし、煙草をふかしてから話しかけた。

「富永は柳井組とつき合いがあるんか」

「そら、あるやろ。俺が南署にいたころの上司やで。俺は柳井組と縁がなかったさかい、はっきりしたことは言えんが、組長の清原とミナミ界隈で遊んでいたという話は聞いたことがある。仲間に確認してみるか」

「頼む」

頷き、長尾が携帯電話を手にした。

「長尾や。教えてくれ。富永さんは柳井組と接触していたか……そうか……いや、たいしたことやない……心配かけて、すまん。また、連絡するわ」

長尾が通話を切った。

携帯電話を握ったまま顎をあげ、息をつく。

「どうした」

「仲間が不安そうや。長いつき合いやから、声の感じでわかる」

「……」

白岩は眉を曇らせた。

長尾の仲間には幾度もあぶない橋を渡らせた。それが上層部に知れたら、懲罰を食らう。懲戒免職にはならなくても、辞職をうながされる。

「やはり、富永さんは清原と親しかったようや。それも調べてみる」

「もうええ」

投げつけるように言った。

めずらしく感情がざわついている。

感じたのか、長尾が表情を弛めた。

「あんた、富永さんに弱みを握られているのか」

「そんなもん、お互い様よ」

言って、グラスをあおった。乾いた咽がひりひりする。

「あの野郎、わいの手足を縛る気か」

ついこぼれでた。

長尾が反応した。

「誰のことや」

「関西電鉄の渡辺よ」

言って、白岩は首をまわした。それだけで肚は括れた。

これまでは仕事を依頼しても、調査に必要な情報しか教えなかった。しかし、今回は事情が異なる。知らないことで、長尾が危険にさらされる恐れもある。

白岩は、南港建設から捌きの依頼を請けてから、きょうに至るまでの経緯を簡潔に話した。

無言で聞く長尾の顔が険しくなっていくのが手にとるようにわかった。

話しおえ、水割りで間を空ける。息をつき、口を閉じたままの長尾を見据えた。

「南港建機の茶野さんの辞職、今回の事件……裏で操っているのは渡辺よ」

「大企業の専務が、そこまでやるか」

「やる」声を強めた。「証拠は何もない。勘や。が、わいは確信しとる」

「難儀やのう」

長尾がつぶやいた。

「降りてもかまへん」

「あほな。あんたはカネヅルや」

長尾がこともなげに言った。

「おまえの嫁や南署の仲間に累が及ぶかも知れん」

「それも仕事の内よ。高額の報酬が危険手当込みなのは赤児でもわかる」長尾がナッツを嚙み潰し、水割りを飲んだ。「というても、仲間にむりはさせられん。状況次第では手を引かせる……それは了承してくれ」

「もちろんや。雲行きが怪しくなったら、嫁はしばらく実家に帰せ」

「あいにく、嫁には親族がおらん。俺ひとりが身内……生き甲斐よ」

長尾がにやりとした。

つられ、白岩も目元を弛めた。そんな顔を見るのは初めてだった。

「のろけか」

「まあな。俺も嫁のために生きている。一蓮托生……墓にも一緒に入る」

「…………」

白岩は肩をすぼめた。

軟弱な世の中になっても気骨のある者はいる。和田然り、金子も然り。が、気骨の根っこにあるのは義理人情。己の感情によって行動は様変わりする。長尾の気骨は信念に支えられている。自分と嫁のために、覚悟を持って生きている。それを妨げる者があらわれれば、たとえ恩義があろうとも牙を剝くだろう。

長尾が口をひらく。

「鶴谷さんもおなじ考えか」

「ああ。で、心配しとる」

「どうして」

「やつは、稼業のせいで身内を殺され、仲間を死なせた。心は疵だらけや」

「そんなことがあったんか」しんみりとした口調になった。「あの人が気遣いの塊なのは何となくわかっていたが」

「やつはプロ中のプロや。捌き稼業でやつの右にでる者はおらん。悲劇に見舞われるたび、それを乗り越え、逞しくなった」

「それなら、何を心配する」

「一瞬のためらい……今回は、それが命とりになりかねん」

「あんたも鶴谷さんも、難儀な人や」

ぼそっと言い、長尾がポケットから携帯電話を取りだした。画面のデジタル表示を見て操作し、メールを送った。

訊かなくても相手はわかった。マミに戻るのを遅らせるよう頼んだのだ。

すぐに返信が届いた。それを見て、顔をむける。

「鶴谷さんはどうしている」

「動揺はしていなかった」

花屋の好子と別れたあと、『グランヴィア大阪』に足を運んだ。


「遅い。ふて寝していたのか」

顔を合わせるなり、鶴谷が言った。

レストルームに入っても、鶴谷の表情はあかるかった。

かけがえのない友やろ。心配面を見せんかい。

軽口を叩くのは止めた。鶴谷によけいな負荷をかけたのは事実である。

鶴谷が水割りを運んできて、ソファに座った。

白岩のほうから話しかけた。

「いつ知った」

「五時ごろ。木村の電話で起こされた」

「おまえも二度寝か」

「心配したところで埒はあかん」

あっけらかんと言い、鶴谷が煙草を喫いつける。

ダンプカー事件の詳細は話す必要がなさそうだ。木村は、警視庁のみならず、道府県警の内部情報や捜査資料も入手できる。

ひと口飲んで視線を戻した。

「どう思う」

「おまえとおなじよ。ほかは考えられん」

「だとしても、関西電鉄の渡辺は頑丈なシェルターから出てこん」

「承知よ。引きずりだす気もない」

「ん」

「やつは電話一本で人を動かせる。茶野さんの件も、ダンプカーの件も、渡辺の差し金だとして、確証を得るのは雲を掴むよりむずかしい」

「そうよな」

白岩はあっさり返した。

煙草をふかし、鶴谷が口をひらく。

「おまえは自重しろ。当面、監視がつく」

「指図するな。おまえのほうこそ……」

白岩は声を切った。

よけいなお世話である。常に、鶴谷は仲間を気遣いながら行動している。

話題を変えた。

「木村は元気になったか」

「血気盛んよ」

「何より。仕事はどうや」

「いろいろ情報は集まっている。が、これからよ」

白岩はソファにもたれた。

経過報告はする気がないようだ。が、毎度のことである。

長尾が口をひらいた。

「鶴谷さんは、関西電鉄の渡辺に的を絞っているのか」

「わからん」あっさり返した。「やつの頭の中はＡＩでも読めん」

「長いつき合いなんやろ」

「ああ。竹馬の友よ。やつの気性は熟知しとる。けど、仕事は別や」

「二人で相談しないのか」

「したことはない。捌きに関しては、やつがやりたいようにやらせる。わいは側面支援……それで、歯車が嚙み合う」

「なるほどな」

気のない声を発し、視線をおとした。手帳を見て続ける。

「明神一家の赤井やが、こっちに女がおる。難波《なんば》のキャバクラの女や」

「まめやのう」

「柳井組の清原が通っている店やさかい、清原があてがったのかも知れん」

「あほくさ。清原は誰にでもゴマを擂《す》るんか」

「出世のためよ」

「…………」

白岩は口をつぐんだ。

極道の絆は親子、兄弟。どちらが上でも下でも極道でしかない。

「南署も赤井には神経を遣っている。神戸の抗争のせいや」

「柳井組はどこかと揉めているのか」

「そういう情報はない。けど、南署は赤井の経歴が気になるようや」

白岩は、金子の話を思いだした。

――十数年前までは、明神一家の組長のボディーガードをしていた。銃刀法違反と恐喝の罪で八年間の刑務所暮らし。一年前に出所し、現在は明神一家神戸支部における。客分のような扱いやと聞いた――

赤井は出所放免後も明神一家から破門されたままだとも聞いた。それなのに、明神一家神戸支部は客分として赤井を預かっている。妙な話である。

「あんたも赤井が気になるのか」

「放し飼いの犬はうっとうしい」

白岩は正直に言った。

極道の筋目も道理も通用しない。

扉が開き、マミが顔を覗かせた。

「早かったかな」

「グッドタイミングや」

白岩が答えると、マミが表情を崩した。

「うちは店が好きみたい」

あかるく言い、入ってきた。若い女も一緒だ。

「予約はあるんか」

「ない。うち、電話やメールでの営業はせんのよ」

「ほな、貸し切る。鮨でも中華でも、好きなん、頼め」

「やった」

マミが歓声をあげた。

長尾にも声をかける。

「嫁を呼べ。長尾ファミリーの忘年会や」

「まったく……あんたはバケモンや」

あきれた顔で言いながらも、長尾は携帯電話を手にした。


黒のスーツにダークネイビーのスリムタイ。極道のなりにしたのはいつ以来か。インクカラーのトレンチコートを手に花房組事務所の玄関を出た。

坂本がメルセデスのリアドアを開ける。

「前に乗る」

言って、白岩は坂本に近づいた。ネクタイの結び目を直してやる。

坂本のスーツ姿もひさしぶりである。二年前になるか。スーツを新調するさい、坂本の分も二着仕立てた。

坂本が運転席に座り、カーナビにふれる。

「高速道路は渋滞しています。下を走っていいですか」

「まかせる」

あと三日寝れば正月が来る。きょうから帰省ラッシュが始まる。

メルセデスが車庫を出た。

路肩に大阪府警のパトカー。十人ほどの男が群れていた。皆が〈報道〉の腕章をつけ、カメラを提げている者もいる。

制服警察官が無線機を手にした。上司への報告か。

路地角にはグレーのセダン。マル暴担当が乗っているのだろう。

セダンのかたわらをゆっくり過ぎ、メルセデスは徐々にスピードをあげた。

坂本が口をひらく。

「若頭はどちらへ行かれたのですか。緊張されているように見えましたが」

「本家に呼びつけられた」

そっけなく返した。

呼ばれたのは白岩である。が、和田を代理に立てた。本家若頭の黒崎と事務局長の角野から根掘り葉掘り訊かれるだろうが、それも修業の内だ。それに、金子と石井が同席するので、罵倒されるようなことはない。白岩が行けば、話が嚙み合わず、二、三分の問答でおわってしまう。それでもいいが、金子が角野の胸の内をさぐりたいと言うので、和田に行かせたのだった。

「若頭に訊かれました。どこへ行くのかと、しつこく……親分の指示どおり、ご迷惑をおかけした皆様へ挨拶に行かれるようですと答えましたが、若頭は信じていないかも知れません」

「それでええ。行先を教えれば、やつは予定を変更する」

「そうですね」

笑顔で言い、坂本がバックミラーに目をやる。

「セダンが尾けて来ます」

「ゆっくり走ってやれ」

「いいのですか」

「護衛と思え。府警は税金を使うて事務所も警護してくれとる」

「………」

坂本があんぐりとした。

白岩は煙草をくわえ、火を点けた。

「事情聴取は済んだんか」

「はい。部屋住みの五人と当番で来ていた者二人、きのうの夕方までに全員の聴取がおわりました」

「何を訊かれた」

「どこと揉めていると……まるで揉めていると確信しているような。曾根崎署のマル暴担当もいたのですが……手のひら返しに遭いました」

曾根崎署の捜査四係の刑事は毎週のように事務所を覗きに来る。名目は情報収集だが、中身は世間話に毛の生えたようなもので、酒や食事をたのしんで帰る。土産を欲しがる者もいる。これまでにゴルフのクラブが何本消えたことか。

「そんなもんよ」

「勉強になります」

言って、坂本が真顔をつくった。

「どこの、どあほなんでしょうね」

「気になるんか」

「そりゃもう……親分は気にならないのですか」

「わいは忙しい」

「それならどうして神戸へ」

「忙中閑……気まぐれよ」

そっけなく返した。


坂本が路肩に車を停め、カーナビで確認する。

神戸市中央区の上筒井通に入ったところだ。商店やテナントビルが立ちならんでいる。このあたりも阪神淡路大震災で被害に遭ったのか、比較的あたらしい建物が目につく。南が上筒井、北が宮本通。どちらも住宅街のようだ。

坂本が姿勢を戻し、アクセルを踏んだ。

左に入り、路地を右に折れた。

坂本が左手で前方を指さした。

「つぎの路地の角です」

「おまえは駐車場で待機せえ」

「それでは務めになりません」

「心配いらん。三十分もあれば戻ってくる」

坂本が渋面をこしらえた。

車が停まる。

白岩は、左手に日本酒二本を提げ、路上に立った。

路地角にコンクリート造り三階建ての建物がある。

門柱の表札には〈明神〉の二文字しかなかった。

屈強な男二人に身体を検《あらた》められたあと、一階の応接室に案内された。

二十平米はあるか。中央に黒革のソファ。ガラスのテーブルを囲んで、ゆったりと配してある。幅二メートルほどのサイドテーブルと九十インチのテレビ。壁には三十号ほどの風景画が飾られてあるだけで、代紋や写真など、暴力団であることを示す飾り物の類は何もない。

松島には笑顔で迎えられた。

白のハイネックシャツに黄色のセーター。濃い茶色のコットンパンツ。ラフな身なりは余裕のあらわれか。歓迎の意思か。けさ、松島の携帯電話を鳴らし、訪問したい旨を伝えたときも、松島は二つ返事で快諾した。

白岩は、日本酒をテーブルに置き、松島の正面に座した。

二人の若衆が壁際に立った。表情が険しい。

松島が声をかける。

「おまえらはさがれ」

言って、白岩と目を合わせた。

「わざわざ足を運んでいただき、恐縮です」

丁寧なもの言いだった。

表情も夢洲で対面したときとは異なる。目は涼しげだ。

「前回はあんたが来てくれた。お返しよ」

松島が目元を弛めた。

皮肉も冗談も受け止める器量はありそうだ。

若い男がお茶を運んできた。

「どうぞ、ごゆっくり」

白岩に声をかけ、立ち去った。

松島が口をひらく。

「きのうは災難でしたね」

「年末になると、おかしな野郎が増える。どこかの食い詰めもんが餅代ほしさにダンプカーを転がしたんやろ」

「どこかと面倒をかかえているのですか」

「わからん。が、わいも事務所の者もトラブルとは無縁や」

「それなら安心です」

頰を弛め、松島がお茶を飲んだ。

「心配してくれてたんか」

「ご縁ができましたからね。あの件を引きずっているのかと思いました」

「鶴谷の捌きか」松島が頷くのを見て続ける。「あれは片が付いた。柳井組から報告を受けたんやないのか」

「聞いていません。あの翌日、清原の叔父貴から礼の電話がありましたが、その後何の音沙汰もなく……こちらから訊く筋合いではないので、放っておきました」

松島がすらすらと答えた。

まるで問答を想定していたかのようだ。

白岩はゆさぶりたくなった。

「妙やのう」

「どういう意味です」

「赤井という男、あんたが面倒見とるんやろ」

「それがどうした」

がらりと口調が変わった。射るような目つきになる。

「赤井は、ミナミで清原と遊んでいるそうな」

「どこで遊ぼうと……赤井はうちの組長のボディーガードをしていた。清原の叔父貴とはそのころから縁がある」

「あんたは、ミナミで遊んでいるのを知っていたんか」

「勝手に想像せえや」

投げつけるように言った。

白岩は間を空けない。

「教えてくれ。わいには理解できんことがある」

「…………」

「赤井は明神会から処分された。破門された男を、どうして預かる」

「本部の意向は無視できん。それに、赤井の処分は年明けにも解かれると聞いている。それなら、うちが預かってても渡世の筋はとおる」

「そうかのう」

白岩は気のない声で言った。

筋が通るとは思わないが、赤井の話を引っ張るつもりはない。

「ところで」松島が言い、日本酒を指さした。「洒落ですか」

もの言いが戻った。

感情の切り替えは早そうだ。

日本酒の銘柄は白鶴。白岩と鶴谷を連想したか。

「挨拶よ。鶴谷もあんたと縁ができた」

松島が首をひねった。

「鶴谷は大阪に戻ってきた。別件よ。で、この先、面倒がおきるかもしれん」

「なるほど」

松島がにやりとした。

白岩も目で笑った。

「挨拶は済んだ。邪魔したな」

「とんでもない。もう帰られるのですか」

「せっかくの神戸やさかい、美味いステーキでも食いたいところやが、これから帰って事務所の大掃除よ」

松島が相好を崩した。

★　★

午後二時過ぎ、木村がレストルームにやってきた。

表情はあかるい。朝から外出していたようだが、顔に疲れの色はない。

「昼飯は食ったか」

「済ませました」木村がコーヒーポットに手を伸ばす。「いただきます」

鶴谷は水割りをつくった。ちかごろではお茶代わりになっている。とくに仕事をしている期間は酒量が増えた。

鶴谷がソファに座るや、木村が話しかけた。

「白岩さんが神戸に行きました」

「いつ」

「昼過ぎに事務所を出て、明神一家の神戸支部を訪ねました」

「おまえ、光義に張り付いていたのか」

「いいえ。自分は、大和建工の美原を監視していました。が、白岩さんが気になり、GPSでメルセデスの位置を確認していました」

「…………」

鶴谷は首をひねった。

「ご存じなかったのですね」

「ああ。そのうち、気がむいたら話すやろ」

そっけなく返し、煙草を喫いつける。ふかし、視線を戻した。

「どれくらい居た」

「三十分ほどでメルセデスが動きだし……」

「待て。GPSなら光義が乗っていたとはかぎらんやろ」

「乗っていたのは確かです。大阪府警の刑事が視認し、尾行しました」

「いまは」

「行きは一般道路、帰りは高速道路だったそうで、ついさっき、花房組の事務所に戻ったそうです」木村が顔を寄せる。「白岩さんは、明神一家の松島の仕業だと考えているのでしょうか」

「わからん。そうだとしても、確証なしには乗り込まん。曾根崎署の捜査本部は明神一家を視野に入れているのか」

　木村が首をふり、姿勢を戻した。

「きのうの夜の捜査会議では、明神一家も松島の名前もでていません」

「なるほどな」

「何か、思いあたるふしでも」

「捜査本部の連中に、明神一家の存在を教えたかったんやろ」

「……………」

　木村がぽかんとした。目をしばたたき、口をひらく。

「松島の動きを封じるために……それなら、やはり松島の関与を……」

　こんどは手で制した。

「そうやない。光義は先を読んだのよ。前回のことがある。で、自分が先に動き、松島を牽制した」

「ほう」

　木村がため息のような声を洩らした。

　鶴谷は目で笑った。

「おまえ、光義を、出たとこ勝負の猪やと思っているのか」

「そんなことは……でも、鶴谷さんと白岩さんの仲を改めて知りました」

鶴谷は水割りで間を空けた。

「その報告で来たのか」

三十分ほど前、木村は、気になる情報がある、と電話をよこした。

木村の表情が変わった。ショルダーバッグから紙を取りだす。

「安高組の今永には疵があります」

「どんな」

「去年の秋、大阪地検特捜部が今永を的にかけていました。容疑は贈賄。密告者の情報を受けて内偵を始めたようですが、半年経っても逮捕するまでの確証を得ることができず、捜査を断念した模様です」

「確かな情報か」

「警視庁公安総務課の理事官が大阪地検特捜部のひとりと同窓同期です。伊勢志摩の集合写真も理事官に提供していただきました」

鶴谷はふかした煙草を灰皿に消した。

「くわしく話せ」

「去年の九月、大阪市は、大正区に所有する土地を払い下げた。市は入札制を採ったのですが、そのさいに不正が行なわれたようで」木村が紙をテーブルに置いた。「大阪地検特捜部の捜査内容を集約したものです」

鶴谷はちらっと見て、視線を戻した。

「概要を話せ」

「土地購入者は名古屋の医療法人、愛朋会。百万円差の最高値で落札しました」

「市の担当部署は」

「都市整備局で、担当責任者は局長の西山でした。が、市の関係職員で行なう入札価格等審査会には建設局の北村局長も参加しており、会議では北村の積極的な発言がめだったという証言があります」

「裏で北村を操ったのが安高組の今永というわけか」

「はい。関西では実績のない愛朋会と市をつないだのが安高組の今永……特捜部はそう読んでいたようです」

「土地はどうなった」

「現在、基礎工事を行なっています。施工者は安高組、大和建工も一次下請けです」

「愛朋会の資料はあるか」

「調査中です」

頷き、鶴谷は、テーブルのスマートフォンにふれた。木村に目で合図してから発信し、〈スピーカー〉を押した。

木村がICレコーダーをスマートフォンのそばに置く。

「鶴谷です。理事長はおられますか」

《おひさしぶりです。お元気ですか》

秘書の堀江和子の声がはずんだ。

「生きている。そっちはどうや。男はできたか」

《まったく……理事長にお繋ぎします》

しわがれ声に変わった。

関東圏に八つの総合病院を有する医療法人栄仁会の理事長、本多仁である。日本医師協会の理事長も務めている。

自分のせいで義父を亡くして失意のどん底にいたとき、しのぎの場を東京に移してはどうか、と誘ってくれた恩人でもある。

《食事の誘いか》

「あいにく、忙しいもので」

《稼業で梃摺《てこず》っているのか》

「そんなところです」
鶴谷は丁寧に返した。
いつもは対等なもの言いをするが、木村の耳がある。
《助けを求めて電話してきたのか》
「ええ。理事長は、名古屋の愛朋会をご存じですか」
《もちろん。愛朋会の理事長は、次期理事長選挙の対抗馬だよ》
「難敵ですか」
《ばかなことを……財力はむこうが上かも知れないが、人望がない。おまえは、わたしのことを守銭奴のように言うが、わたしは世のため人のために尽くしている》
自慢そうなもの言いになった。
本多は自信の塊である。世話好きで、人情には厚い。
《それに、愛朋会の坂口理事長には悪いうわさがある》
「身辺調査をしたのですか」
《あたりまえだ。選挙は水もの……油断をすれば寝首をかかれる》
「どんなうわさですか」
《暴力団の明神一家を知っているか》

「ええ。神戸の神俠会の中核組織です」

そばでちいさな音がした。

木村が唾をのんだか。

《明神一家とは長年の腐れ縁らしい。病院建設のさいも、医療現場でのトラブルのさいも、陰で明神一家が動いていると聞いた》

「明神一家の誰と親しいのですか」

《先代からの縁が続いているようだ。おまえ、明神一家を相手にしているのか》

「まさか。命は惜しいですからね。企業しか相手にしません」

《それがいい。名医のおかげで命拾いしたのだ》

苦笑が洩れそうになった。

一年半ほど前、大手町のオフィス街で暴漢に襲われ、胸に銃弾を食らった。やっかいな仕事をおえた直後のことだった。搬送された救急指定病院で二か月間の治療のあと、本多が経営する病院に移り、ステンレスプレートを使用しての肋骨整復手術を受けた。数か月は何かの拍子に痛みが生じたが、いまは違和感もない。

礼を言い、通話を切った。

木村がおおきく息をつく。

鶴谷はあたらしい煙草をくわえた。ふかし、話しかける。

「密告者の素性はわかっているのか」

「はい。梶本晴夫……当時、市の都市整備局に在籍していました」

「内部告発か」

「そのようです。が、どういう経緯で密告に至ったのか、捜査資料には記述がありません。地検が捜査を断念した二か月後、梶本は辞職しました」

「いまは何をしている」

「不明です。吹田《すいた》市に住民登録していますが、確認していません」

鶴谷は煙草をふかし、水割りを飲んだ。

木村が続ける。

「調査を始めます。いいですね」

「ああ。梶本の所在が確認できたらすぐに知らせろ。あと、入札に参加した業者から事情を聞き、入札にかかわった愛朋会の関係者を突き止めろ」

矢継ぎ早に言った。

「人員を割くことになります」

「かまわん。割り振りはおまえにまかせる」

頷き、木村が携帯電話を手にした。

てきぱきと指示をしたが、五分ほどかかった。

その間に、鶴谷は用をたし、水割りのお代わりをつくった。

木村が携帯電話を畳んだ。視線を合わせる。

「二人を梶本の所在確認、二人を名古屋へむかわせました。ほかのご指示は、江坂に調整するよう伝えました」

「手厚くフォローしてやれ」

鶴谷は紙袋をテーブルに置いた。三百万円が入っている。

協力者の惜しみない労力にはカネで応える。やさしい言葉や労《ねぎら》いのひと言はかけない。そのことを相手がどう感じようが、頓着しない。カネの縁。そう割り切らなければ感情がゆれ、判断や決断に迷いが生じる。

「報酬とは別や」

「ありがとうございます」

木村が紙袋をショルダーバッグに収めた。

水割りを飲んで、口をひらく。

「大和建工の美原のほうはどうや」

「銀行口座の明細書を精査しましたが、不審な点はありませんでした。現在、美原のスマートフォンの通話記録とGPSの追跡記録を照合し、過去の行動を分析中です。美原は夜遊びが好きなようで、その方面でも調査しています」

「監視は継続中か」

「はい。美原は江坂が中心になって……建設局の北村も終日監視です」

「引き続き、頼む」

言って、鶴谷はスマートフォンを手にした。

会いたい人がいる。


西陽がまぶしい。車中にいれば師走とは思えない日が続いている。

タクシーで北上し、豊中市へむかっている。阪急宝塚線庄内駅を過ぎ、交差点を左折する。左右は住宅街だ。記憶の風景とはずいぶん異なる。

タクシーを降り、路地角の喫茶店に入った。

四人掛けのテーブル席が六つ。昭和のにおいがする店である。

南港建機の茶野はすでに来ていて、スポーツ新聞を手にしていた。紺色のセーターに黒っぽいズボン。カジュアルシューズを履いている。

ネクタイをしていない茶野を初めて見た。

鶴谷は腕の時計を見た。約束の時間には余裕がある。

「お待たせしました」

声をかけ、茶野の前に座った。

ウェートレスにコーヒーを注文し、言葉をたした。

「暮れの慌ただしい折に押しかけて、申し訳ありません」

「なんの」茶野が鷹揚に言う。「ひまを持て余していたよ」

「正月はどこかへ行かれるのですか」

「ことしは子どもらが帰って来んさかい、近場の温泉にでも行こうかと、嫁と話していたのやが……結局、寝正月になりそうや」

「会社はいつまで」

「本社の要望で、一月末までいることになった」

「状況が変わっても辞められるのですか」

茶野が小首をかしげた。すぐに表情が戻る。

「大和建工との契約が継続になっても辞表は撤回せんよ。吐いた言葉はのめん」ひとつ息をつく。「いい潮時だったようにも思う。会社を辞めると話したあと、嫁の笑顔が増えてね。意外だった。退職して家でごろごろしていたら、嫁に嫌な顔をされるんやないかと……そんな話をよく耳にしていたからね」

「夫婦円満で、何よりです」

運ばれてきたコーヒーを飲み、煙草を喫いつけた。

テーブルには陶製の灰皿がある。壁のクロスは黄ばんでいる。

茶野が口をひらく。

「急な用だったのか」

「ええ」

木村がいる前で茶野に電話をかけた。

――鶴谷です。きょう、お会いできませんか――

――いいよ。どこで会う――

――ご自宅の近くまで参ります――

茶野が自宅近くの喫茶店を指定し、店の住所を教えてくれたのだった。

煙草をふかし、続ける。

「大正区に建設中の総合病院をご存じですか」

「愛朋会の病院か」

「そうです。施工主は安高組と聞きました」

　茶野が頷く。

「大和建工も、うちの本社も参加している」

「…………」

　眉根が寄った。

　迂闊だった。茶野の辞職と、その背景に気をとられ過ぎていたか。

「あの工事がどうかしたのか」

「その前に……南港建設は、万博のほかにも大和建工の仕事をしているのですか」

「もちろん。大和建工からは年間三十件以上の仕事が回ってきている。現在進行中の工事も、愛朋会の病院をふくめ、四か所ある」

「そっちの契約は問題ないのですか」

「ないね。この先のことはわからないが、契約解除は万博に限定されている」

「そうでしたか」

　つぶやくように言い、コーヒーと煙草で間を空けた。

　頭の中を整理し、視線を戻す。

「病院が建つ土地は、大阪市が所有していたそうですね」

「市が払い下げの告知をし、入札で愛朋会が落札した……そう聞いている」

「払い下げの理由をご存じですか」

「財政再建の一環よ。平成二十年に弁護士の橋山さんが大阪府知事に当選して以降、大阪府も大阪市も財政再建を公約に掲げてきた」

「病院が落札した土地には以前、何があったのですか」

「ずっと前は市の下水道処理場やった。湾岸の埋立地に処理場が完成して役目を果たし、市は跡地を民間企業に安い賃料で貸しだした。借主は、ゴルフ練習場やスポーツジムなどの娯楽施設を運営していた」

「賃貸契約が切れたのですか」

「倒産したそうや。市は、あらたな借主をさがしたが、地代を上げたせいでどことも折り合いがつかなかった。で、払い下げの公示に踏み切ったと聞いている」

「市はまともな手順を踏んだのですね」

「…………」

茶野が眉を曇らせた。

鶴谷は煙草で間を空けてから口をひらいた。

「入札に不正があった……そんなうわさを耳にしました」

「ほんまか」

茶野が首をふった。

大阪地検特捜部のことは話せない。

「気になるので、茶野さんが何か知らないかと思い、連絡しました」

「そうか」茶野がコーヒーカップを手にし、口に運ぶ前にソーサーに戻した。「その件、捌きとどう繋がる」

「入札にかかわった人物が気になります」

「あっ」

ちいさく声を発し、茶野が目を見開く。

鶴谷はこくりと頷いた。

「市の担当責任者は土地整備局の西山、病院建設の施工者は安高組。安高組の今永は愛朋会の理事長と親しい関係にあるそうです」

「なるほどな」

茶野が納得の表情をうかべた。

「調べてみようか。現役を引退する身で、どこまでやれるかわからんが」

「お気持ちだけで、結構です。奥さんとのんびりなさってください」

「そうか」

未練がましく聞こえた。

――男は血や。血を滾らせ、ときに凍えさせ、生きとる。昔と変わらんあんたを見て、その感覚がよみがえってきた――

まだ血は冷めていないようだ。

「どうや」茶野が声をはずませた。「うちで晩飯を食わないか」

「それも、お気持ちだけ頂戴します」

鶴谷は笑顔で返した。

茶野は気配りができる。世話好きでもある。そういうことも考え、女房にひと声かけて出てきたのかも知れない。

だが、茶野の好意に甘えるわけにはいかない。

残りの人生、茶野には夫婦でたのしんでもらいたい。

《植田が逮捕されました》

鶴谷は声を失った。

午前八時。シャワーを浴びてソファに腰をおろしたところである。

《一時間前のことです。関西空港の出発ロビーにむかう途中、大阪府警本部の捜査員に囲まれました》

木村が早口で言った。

「尾行していたのか」

《部下が……あっという間の出来事で、部下も何がおきたのか、わからなかったと》

鶴谷は頭をふった。

まだ頭が反応できない。

「おまえはどこや」

《アルファードの中です》

合点が行った。

報告までに一時間を要したのは警察情報を入手するためか。アルファードには警察にひけをとらない機器が装備されている。

「逮捕されたのか」

《はい。業務上横領と私文書偽造および行使……府警本部の捜査二課の担当です》

「内偵していたわけか」

企業犯罪捜査は短くても三か月の内偵期間を経たのち、確証を得れば裁判所に逮捕状を請求する。内偵に半年、一年かけるのもざらにあるという。
《内偵に関する情報は得られていません。が、内偵が行なわれていたのは確かでしょう。しかも、任意同行を求めたのではなく、身柄を捕ったのです》
「植田はどこへ行く予定だった」
《ベイルートです。訪問先としてヨーロッパの六か国も……そちらの詳細な情報も入手できていません》
「暮れの三十日に……」
独り言のように言い、鶴谷は煙草を喫いつけた。
《逃亡のおそれがあると判断したのでしょうか。捜査二課が植田の海外旅行を把握していたのは間違いありません》
「ひとりだったのか」
《そのようです。おなじ便の搭乗者リストを調べましたが、こちらのデータにある人物はいませんでした》
「こっちに来い」
《もうすこし時間をください。詳細を摑めると思います》
「わかった」

鶴谷は通話を切った。

コーヒーを淹れる。届いたばかりだが、苦く感じた。

白岩と電話で長話をしていたところへ、木村がレストルームに入ってきた。電話をよこしてから二時間が経っている。

「木村が来た。あとで連絡する」

白岩に言い、スマートフォンをテーブルに置いた。

「遅くなりました」

ひと声放ち、木村がソファに座った。

鶴谷はコーヒーを淹れてやる。

「捜査二課の動きはわかったか」

「おおよそは」

木村がコーヒーカップに手を伸ばした。咽が渇いているのか。顔は紅潮しているようにも見える。ひと口飲み、視線を合わせた。

「又聞きの情報ですが、内偵は短期間で行なわれたようです。が、逮捕して、起訴に持ち込めるだけの証拠は握っていると」

「密告者か」

木村が頷く。

「関鉄エンタープライズもしくは関西電鉄の関係者と思われます。密告文には社内のデータが添付してあったそうです」

「…………」

鶴谷はソファにもたれた。

ひとりの名前しか思いうかばない。それで、とまどっている。

木村が続ける。

「植田は、架空取引をでっちあげ、伝票をおこしていたそうです。接待費名目でも……とくに、ことしの九月、十月は三千万円を超えているとか」

「それしきのことで……」

声がこぼれでた。

金額は別として、社員の多くは社に損害を与えていると聞く。公私混同しているのだ。モラルが欠如しているのだから、罪の意識もない。近年、経理のチェックが厳しくなったというが、それでもそういう行為は後を絶たないだろう。

木村が口をひらく。

「植田に怨みを持つ者が密告したのでしょうか」

「渡辺よ」

さらりと返した。

木村が目をまるくした。が、おどろいたふうには見えない。木村の頭にも関西電鉄の渡辺専務がよぎっていたか。

「植田が邪魔になった。もしくは、手に負えなくなった」

白岩とのやりとりは憶えている。

――関鉄エンタープライズの社長、植田もはずせん。やつはインサイダー取引に加担した。渡辺がおまえに屈した原因をつくった男や。それやのに、やつのクビはつながっとる。その背景が気になる――

――渡辺には、植田を切れない理由があると……そういう読みか――

――……………――

――ほかに、何がある――

――伊勢志摩での集合写真……関西電鉄の渡辺の横に植田がおったやろ――

――ああ――

――植田は神侠会……とくに、明神一家と親密な関係にあるそうや。探偵の長尾が、古巣を使って調べた——

数日後、白岩からはＫＲＫの生方の証言も聞いた。

それによると、鶴谷が渡辺と面談した翌週、植田と生方は渡辺に呼ばれた。植田はインサイダー取引を認め、渡辺に強く叱責されたという。が、植田は萎縮するふうもなく、のちに生方には、渡辺は自分を処分できないと言ったそうである。

植田は渡辺のキンタマを握っとる。

白岩はそう言い切った。

生方には、植田を処分できない理由を聞きだせと命じたそうだ。

あのときはすでに、渡辺は植田を警察に売っていたのか。

そんなふうに思える。

鶴谷は、探偵の長尾の報告と生方の証言を聞かせ、最後に付け加えた。

「おそらく、渡辺は植田と明神一家の仲を憂慮していた。伊勢志摩の集合写真……渡辺は神俠会幹部の二つとなり、植田は渡辺の横にいる。格でいえば、植田は最後列の端にいてもおかしくない」

「………」

木村の目があとの言葉を催促している。

「関西電鉄、もしくは渡辺個人が何らかのトラブルをかかえ、明神一家の世話になった。その折に仲介したのが植田……そんなところやろ」

気のないもの言いになった。

そもそも推測の類を口にするのは好まない。

木村が口をひらく。

「渡辺が植田を警察に売ったことを知れば、明神一家は渡辺に牙をむくでしょう」

「それはない。昭和の極道とは違う。互いの欲でつながっていたのならなおさらや。関西電鉄あっての植田……逮捕され、会社をクビになれば、切る」

「だとして、明神一家が関西電鉄から離れるとは思えませんね」

「おっしゃるとおりよ」

鶴谷はあっけらかんと言った。火をつけた煙草をふかし、続ける。

「過去の実績を盾に渡辺に接近する。事と次第によっては渡辺を威すかも知れん。が、その可能性はないやろ。策士の渡辺のことや。植田を警察に売る前に、根回しを済ませたとも考えられる」

木村が目をまるくした。

「渡辺はみずから明神一家と手を組んだと」

「可能性の話や」

言って、鶴谷はポットを傾けた。コーヒーを飲み、煙草をふかす。

木村が口をひらく。

「人間とは思えませんね。植田に弁護の余地はありませんが」

「そうかな」

「…………」

木村が表情を曇らせた。

「俺らもおなじ沼に生きている。いや、人は皆、おなじかも知れん」

「自分は……」

語尾を沈め、木村がくちびるを噛んだ。

言いたいことはわかる。木村の真っ直ぐな気性もわかっているつもりだ。

かつて、鶴谷は警視庁に目をつけられたことがある。築地市場跡地の再開発計画をめぐるトラブルに警察関係者も関与していたからだ。警視庁上層部は、鶴谷に関する情報ほしさに、木村に圧力をかけた。

優信調査事務所は警視庁とのつながりが深い。迅速で正確な情報を得られるのは警視庁のおかげでもある。

優信調査事務所は警視庁の出先機関ではないのか。

一時期、鶴谷はそう疑ったこともある。

だが、威し半分の協力要請を、木村は拒んだという。真相はわからないが、警察が自分に接近してこなかったのは事実である。

「おまえには感謝している」やさしく声をかけた。「信頼もしている。が、ひとつ歯車が狂えば、人は別人になる……そういう輩を何人も見てきた」

「…………」

木村が眉尻をさげた。かなしそうな目に見える。

鶴谷は目をつむり、ゆっくり首をまわした。

つまらない話はするな。

頭のどこかで声がした。

「自分は」

木村の声に目を開ける。

「植田と明神一家の接点をさぐります」

「やめておけ」

にべもなく言った。

「なぜですか」

「警察の事件にかかわるな。植田はおわりや。俺の仕事とも無縁になった」ふかした煙草を消した。「それどころか、植田の逮捕は好都合よ」

「どういう意味ですか」

「的が絞れる」

木村が刮目《かつもく》した。ややあって、口をひらく。

「もしかして、関西電鉄の渡辺も……」

鶴谷は目で頷いた。

「俺の仕事は、大和建工に契約解除を撤回させることや。おまえもその一点に集中しろ。もちろん、渡辺を排除する気はないが、渡辺ありきではない」

「わかりました」木村の目が据わった。「誰に絞るのですか」

「安高組の今永。やつをおとせば活路は開ける。つぎに、大和建工の美原。美原は今永にべったり……今永とのつき合いで、美原も脛に疵をかかえているやろ」

「愛朋会の件ですね」

木村の声が強くなった。

目に力も戻った。

「それだけに絞るな。どんなことでもいい。今永と美原を軸に、市の都市整備局の西山、建設局の北村……四人の腐れ縁を徹底的に洗いだせ」

「承知しました。さっそく、部下に伝えます」

木村が腰をうかした。

「アルファードに戻るのか」

「はい。あそこは作業が捗ります」

木村がそそくさと部屋を去った。

★

★

ノックのあとドアが開き、坂本が入ってきた。

「親分、お昼はどうされますか」

白岩は腕の時計を見た。まもなく午前十一時。『徒然草』をテーブルに置く。

「蕎麦屋に行く」

たちまち、坂本の面の皮が弛んだ。坂本は鶴谷の娘の康代に気がある。いや、ぞっこんか。坂本の気持ちを知ってか知らずか、康代が坂本にやさしくするので、坂本の恋情は燃え盛っているようだ。

「その前にひと仕事や」

「おでかけですか」

「まずは電話よ。おまえはそこに座れ」

言って、テーブルの端の固定電話を引き寄せた。〈スピーカー〉を押し、短縮ダイヤルのボタンも押した。

《おはようございます。生方です》

声があかるい。

どうせはじめのひと言だけである。

「きょうは何の日や」

《承知しています》声が沈んだ。《こちらからお電話しようと……》

「うるさい。すぐに来い」

《勘弁してください》

泣きだしそうな声に変わった。

「なんでや」

《ご存じでしょう。植田さんが逮捕されたことを》

「容疑は業務上横領や。インサイダー取引やない」
《それはそうですが……別件逮捕ということも考えられます》
「心配するな。植田はうたわん。罪の重ね着はせん」
《気休めの言葉にも聞こえません》
「ごちゃごちゃと、うっとうしいやつやのう。とっとと来んかい」
《そればかりは、お願いです。逮捕されないかとびくびくしているのです。それに、白岩さんの事務所には警察が張り付いているのでしょう。警察に目をつけられたら墓穴を掘ってしまいかねません》
「…………」
白岩は煙草を喫いつけた。
押し問答がばかばかしくなった。達者な口は健在のようだ。電話で話すほうが精神衛生上よさそうにも思えてきた。生方の顔を見るだけで気分が悪くなる。
煙草をふかし、固定電話に話しかける。
「電話で堪忍したる」
《ありがとうございます》
「おまえ、誰が植田を警察に売ったと思う」

《売られたのですか》
　生方の声がうわずった。
　おどろいたのか、とぼけているのか。声では判別がつかない。
「密告者は、証拠となる関西電鉄の内部資料も提出したそうな」
《えっ。内部告発ですか》
「日本語がおかしい。会社の利益と信頼を護るためやない。正義のためでもない。植田がめざわりやさかい、警察に売り飛ばした」
《誰が……》
「まだわからんのか」
《渡辺専務……ですか》
「ほかはない。で、訊く。ここからが本番や」白岩は煙草で間を空ける。「植田は、渡辺の急所を喋ったか」
《ええ。ほんとうかどうか、わかりませんが》
　蚊の鳴くような声になった。
「前置きは要らん。続けえ」
《関西電鉄は、西宮駅の改修工事のさい、駅周辺を整備し、複合ビル建設の計画を立てたそうです。しかし、用地買収で地主と折り合いがつかなかった。それどころか、地元の暴力団が地主に食いつき、関西電鉄に難癖をつけてきたそうです》
「で、関西電鉄も暴力団を頼ったわけか」
《さすが……いや、失礼。おっしゃるとおりです。西宮駅の改修と駅周辺の再開発事業を担当したのは統括事業本部で、植田さんは現場の責任者だった。植田さんは、旧知の仲の暴力団に仲介を依頼したそうです》
「どこや」
《神戸の暴力団としか教えてくれませんでした》
白岩は首を左右に傾けた。煙草をふかし、続ける。
「それは、植田の一存でやったことか」
《いいえ。神戸の暴力団と接触する前に、渡辺専務に相談したと……専務からは、君の一存でやるようにと言われたそうです。が、暴力団の幹部は、仲介依頼を受けるのは、関西電鉄の役員に会うのが条件になると……》
白岩は頷いた。
極道としては至極まともな判断である。個人の縁より組織の縁。個人はいずれ会社から消え去るが、会社は倒産しないかぎり存続する。関西きっての大企業と腐れ縁でつながれば、この先、何年何十年と美味い汁が吸える。

声がした。

《そのことを報告すると、渡辺専務は、意外にもあっさりと応諾したそうです》

「植田も有頂天か」

《はあ》

「渡辺のキンタマを摑んだ。未来はバラ色よ」

苦笑が洩れ聞こえた。

「会うたのは一回きり……というわけはないよな」

《ええ。西宮の件は早々に解決し、渡辺専務はお礼の一席を設けたそうです。そのあとも何度か……くわしいことは聞いていません》

「半端な仕事やのう」

《申し訳ないです》

「しゃあない」

取って付けたように言い、ふかした煙草を灰皿に消した。

《これで、わたしは解放されるのですね》

「半端な仕事では、おまえも心苦しいやろ」

《…………》
　息をのむ音が届いた。
「建設局の北村局長を知っているか。福沢の腹心や」
《ええ。福沢さんと一緒に食事をしたことがあります》
「おまえのファンドに参加しているのか」
《いいえ。ですが、個人の小口投資の相談を受けています》
「都市整備局の西山はどうや。西山も福沢に近い」
《名前は……つき合いはありません》
「ほな、建設局の北村だけでええ。そとに呼びだせ。年内や」
《そんな、無茶な。きょうは三十日ですよ。里帰りしているかも……》
「北村は家におる」
　一時間前、優信調査事務所の木村と電話で話をした。西山と北村の所在を確認するためである。調査員が二人に張り付いたのは鶴谷から聞いていた。
　木村によれば、北村は女房と一緒に車で買出しにでかけたという。大学受験を間近に控える一人娘は自宅にこもっているとも言い添えた。
《ご存じなら……》

「四の五のぬかすな」
白岩は怒声を放った。いらいらが募っている。
《ほんとうに、これが最後なのですね》
「約束する。おまえも、約束を破れば海の中で正月を迎えることになるのを忘れるな」

通話を切った。


坂本を連れて蕎麦屋へ行き、商店街でおはぎを買って事務所に戻った。

ソファに寛ぎ、コーヒーをたのしんでいるところに和田があらわれた。やけに顔があかるい。ソファに近づき、口をひらいた。

「親分、きょうから厄介になります」

「嫁らはどうした」

「新大阪駅まで送りました。五日に戻ってきます」

言って、和田がソファに座った。

「一週間も居候するんか」

「はい。よろしくお願いします」

和田が深々と頭をさげた。

「若頭」坂本が言う。「昼飯は済まされましたか」

「まだや。荷物があったさかい、新大阪駅から直行してきた」

「何かつくりましょうか。おはぎもありますが」

「きな粉はあるか」

「はい。こし餡、粒餡、きな粉餡……親分が大量に買われました」

きのうから、直系若衆の乾分らが大掃除の手伝いに来ている。

「一個ずつ頼む」

和田の顔がほころんだ。

甘いもの、とくに餡の類には目がない。

坂本が去るや、和田が真顔に戻した。

「鶴谷さんの仕事は捗っていますか」

「ああ」

「では、無事に正月を迎えられるのですね」

「あたりまえやないか。なんで、鶴谷のことを訊く」

「金子の叔父貴が案じておられまして」

「適当に答えておけ」

「そうは行きません。叔父貴は先代に会えるのをたのしみにしておられます」

「わいが忙しいときは、おまえが代理で挨拶に行け」

「滅相もない」和田が顔の前で手をふる。「先代ご夫妻がさみしがられます」

坂本が戻ってきた。

和田の前にお茶と三個のおはぎを置き、和田のとなりに座した。

白岩は、コーヒーを飲んでから和田に話しかける。

「あしたは、頼む」

「まかせてください。元日はどうなりましたか」

「朝の十一時から三時まで店を開けるそうな」

「お手伝いします」

和田が即座に返し、きな粉餡を頬張った。

坂本が口をひらく。

「親分、何の話ですか」

「蕎麦屋が人手不足や」

「それなら自分も……」

「行きたけりゃ行かんかい」

白岩はぞんざいに返した。

「どあほ」和田が怒鳴りつけた。目が三角になる。「親分はどうするんや。そばにおらんで、緊急事態に対応できるんか」

「すみません」

坂本が身を縮めた。

何事もなかったかのように表情を戻し、和田は二個目のおはぎに手を付けた。

白岩は目元を弛めた。

そんな和田を見ると、心底ほっとする。


事務所を出て、御堂筋を梅田方面に歩いた。陽射しは充分だが、風が冷たい。歩道橋の上では突風が肌を刺した。関鉄デパートに寄ったあと、新梅田食道街の端にある山下珈琲店のドアを開けた。二階にあがる。

昭和のにおいが色濃く漂う店である。学生時代はここでよく時間を潰した。

店内はかなりひろい。客は七分ほどか。昼下がり、大半はひとりだ。

壁際の席に座り、ブレンドコーヒーを注文した。

ほどなく、大和建工の湯本があらわれた。ジーンズにオフホワイトのとっくりセーター。黒のダウンジャケットを手にしている。

「遅うなって、すまん」

湯本が屈託ない笑みをひろげた。

「とんでもない。暮れも押し迫ったときに呼びだして、すまんかった」

「おかげで助かった」湯本が正面に座る。「家事が苦手なもんで」

「寝正月か」

「嫁の料理を堪能する。正月ほど嫁のありがたみを感じるときはない。どんな名店でも食材はかぎられるさかい」

言って、ウェートレスにモカのストレートを頼んだ。

視線を戻し、顔を近づける。

「えらい目に遭うたな。それにしても、ダンプカーとはいまどき流行《はや》らん」

「警察を動かしたかったんやろ」

「なるほど。あんたに足枷をはめたかった……そういうことか」

「たぶん」

「それなら、捌きの絡みやな」

湯本の表情が翳った。

むりもない。湯本は捌きの交渉相手の社員なのだ。

――社の機密事案に関する話はできんが、協力できることはあるか――

湯本の言葉にあまえて電話をかけたのだった。

「鶴谷さん、難儀しているのか」

「どうやろ。あいつの頭の中はまるで読めん」

「大阪大学出のあんたでもむりか」

湯本が茶化すように言い、目尻をさげた。

白岩は肩をすぼめ、コーヒーを飲んでから口をひらく。

「聞きたいことがある」

湯本が頷き、届いたコーヒーを口にした。

「関鉄エンタープライズの植田のことや」

湯本が目をぱちくりさせた。

「あれにはびっくりした」

「わいもや。あんたが教えてくれて、目をつけていたさかい」

「……………」

こんどはきょとんとした。

白岩は続ける。

「大和建工に動揺の招集はあるか」

「ない。緊急の招集もなかった。たしかに、うちは関西電鉄絡みの仕事が増えているけど、植田社長は直の取引相手やない。うちの美原専務との縁や」

「美原の様子は……わからんわな」

「すまん。普段から専務とは会話がすくないさかい。そうそう、あんたと会うたつぎの日、社内で出会したときに訊かれたよ。捌き屋の鶴谷とつき合いがあるのかと……十何年も顔を見ていないと答えておいた」

「迷惑をかける」

「わたしのことは気にせんでくれ。前にも言うたが、大和建工あってのわたしや。植田社長の件、仕事始めの役員会議で話がでれば連絡するわ」

「むりするな」コーヒーで間を空ける。「もうひとつ、訊きたい。大正区に建設中の総合病院のことや」

「愛朋会か」

白岩は目で頷いた。

「あれは、市の所有地を入札にかけ、愛朋会が落札したそうやな」

「そう聞いている。あれが、どうかしたのか」

「入札のさい、大和建工もかかわったのか」

湯本が首をふる。

怪訝そうな表情になった。

かまわず、白岩は質問を続けた。

「絵図なしで、入札には参加せんやろ」

「それはそうや。あとで聞いた話やが、安高組は名古屋で愛朋会の病院建設を受注しており、安高組の今永専務は愛朋会理事長と親交があるそうな。入札時には、設計図をふくめ、青写真ができあがっていたとも聞いた」

「払い下げの公示から入札までの期間は」

「くわしいことは……調べてみようか」

「誰に訊く」

「手っ取り早いのは土地整備局の西山局長……建設局の北村局長でもわかるやろ」

「こっちで調べる」

白岩はそっけなく返した。

大和建工の湯本が訊けば、西山も北村も首をひねるだろう。疑念が安高組の今永や大和建工の美原に伝われば、湯本が真意を問われる。

「そう言えば」湯本が言う。「当時の役員会議で、工事スケジュールに余裕をもたせておくよう指示されたことがある」

「理由は」

「進行中の案件があると……美原専務の発言で、具体的な話はなかった」

「そんなことがよくあるのか」

「めったにない。けど、あの当時は状況が……夢洲での万博開催が決定し、関西の建設業界はお祭り騒ぎやった。オフィスビルやマンションの建設ラッシュになり、府市関連の公共工事も増えた。弊社も受注のセーブを検討するほど慌ただしかった」

言って湯本が椅子にもたれ、息をつく。

白岩は畳みかけた。

「その日にちはわかるか」

「家に帰れば……パソコンに残っているはずや」

「あれば、メールをくれんか」

「お安いご用や」湯本が姿勢を戻した。「病院建設と脈絡があるのか」

　意味はわかった。

「何とも言えん。あっても、あんたは知らんほうがええ」

「そうやな」

　湯本があっさり返した。

　捌き屋の仕事を熟知しているのだ。白岩の気遣いも承知しているだろう。

　白岩はコーヒーを口にして、すぐソーサーに戻した。すっかり冷めている。煙草をくわえた。この店は全席喫煙できる。ふかし、話しかけた。

「建設局の北村とのつき合いは長いんか」

「課長のころからやさかい、十四、五年になる」

「どういう男や」

「性格か、仕事ぶりか……まあ、区別はつかんか」

　湯本が苦笑した。

「どういう意味や」

「建設業界とはズブズブの関係よ。お世話になっていてそんな言い方は悪いが……わたしとの関係もおなじ。十年間でも接待費はかるく一本は超えている」

　白岩は反応しなかった。

一千万円かと聞き返すまでもない。程度の差こそあれ、行政と建設業界の癒着は昭和の昔から延々と続いている。

「美原ともズブズブか」

「わたし以上やろ。弊社との関係でいえば、安高組の今永専務とうちの美原専務、それに北村の三人は切っても切れん仲や」

「それなのに、北村はあんたからも集《たか》っているのか」

「麻痺しているのや。むこうから誘うこともある。わたしが与り知らないクラブやキャバクラの請求書が届いたのも一度や二度やない」

ぼやき口調になった。

ほとほと愛想が尽きているのか。

白岩は煙草で間を空けた。

湯本が言葉をたした。

「叩けば、なんぼでも埃がでるわ。それはこっちもおなじやが」

「助かった」

白岩はかたわらの紙袋をテーブルに載せた。婦人用のマフラーと手袋。地下の鮮魚売場で活けタラバガニを買おうと思っていたが、変更した。湯本の女房は料理上手と聞いている。湯本は食材にも味にもうるさいので、正月料理にはそれなりの食材を用意しているだろう。

「嫁はんに、お年玉や」

「おおきに」

湯本が顔をほころばせた。ややあって、真顔に戻した。

「南港建機の茶野さん、辞めるそうやな」

「誰に聞いた」

「本人や。仕事納めの日、連絡があった。丁寧に、長年お世話になったと」

「律儀な人や」

「ほんまや。いまどきめずらしい気骨のある人やった。こんなことで縁が薄れるとは……ほんま、かなわん」

声にくやしさが滲んだ。

湯本の内心は、南港建設との復縁を望んでいるのか。

「結末はどうであれ、片が付いたら三人で飲もう」

「四人や」声がはずんだ。「てふてふの光も入れて、五人でもええ」

湯本が臆面もなく言った。

いつもの湯本に戻ったようだ。

「たのしみや」

白岩は笑顔で返し、腰をあげた。

★

★

《白岩さんがカールトンに入りました。探偵の長尾さんが一緒です》

携帯電話から江坂の声が流れた。ハンズフリーにしてある。

木村がタブレットで位置情報を確認しながら口をひらく。

「ＫＲＫの生方はどこにいる」

《五階の中華料理店に入りました。建設局の北村は未確認です》

「まもなく着くだろう。監視を続けろ」

通話を切り、木村が顔をむけた。

「白岩さんはどうするつもりでしょう」

「どうもせん」

さらりと返し、鶴谷は煙草をふかした。

アルファードの後部座席にいる。

——北村が家を出ました。自分で車を運転しています——

江坂の報告を受け、『ザ・リッツ・カールトン大阪』の裏の路上で待機している。

生方と北村は、午後六時半に五階の中華料理店『香桃《シャンタオ》』で会食するという。

四時過ぎ、白岩から連絡があった。

《生方から電話があった。六時半、北村とカールトンで飯を食うそうな》

白岩が生方を威し、北村を誘いだすよう命じたのは聞いていた。

「北村はよく応じたな」

《最初は渋っていたが、植田が逮捕されたことで早急に善後策を講じる必要があると説得したらしい。カールトンは北村の指定や。フランス料理店は予約がとれず、中華料理店にしたそうな》

「おまえはどう動く」

《わいも食う。そのあとは、腹ごなしの運動よ》

「やめておけ。北村は俺が攫う」

《そう来ると思うた》

白岩があっさり言った。
考えることはおなじである。
北村が会う約束をしたのは折返しの電話である。生方が通話を切って約十五分が経っていたという。北村は誰かに相談したのだ。
《鬼がでるか、蛇がでるか……罠に嵌りたい気持ちもあるが》
「明神一家を意識しているのか」
《この期に及んでほかはない。松島か、赤井か。長尾によれば、柳井組に気になる動きはないそうな。ただ、赤井の所在が摑めん》
「酔狂はまたにしろ。おまえには刑事が張り付いているのやろ」
《あからさまよ。大和建工の湯本さんと会ったときも、これ見よがしに喫茶店に入ってきた。さすがに席は離れていたが》
「おまえは人気者や」軽口を叩く。「で、俺にまかすか」
《ああ。けど、用心せえ。明神一家ならおまえであろうと容赦はせん》
「承知よ。通用するかどうかわからんが、おまえは囮《おとり》になってくれ。隙を見て、北村をアルファードに引きずり込む」
《ええやろ。念のため、わいは長尾を連れて行く》

「頼む」
　通話を切り、鶴谷は木村の携帯電話を鳴らした。
　仔細を話し、万全の手配をするよう指示した。
　木村から連絡があったのは一時間後のことである。
《北村は、生方と話した直後、二人に電話していました。最初は都市整備局の西山、通話時間は約四分。そのあと安高組の今永と五分ほど話しました》
「二人だけか」
　関西電鉄の渡辺を意識しての質問だった。
《はい。が、北村と話した今永は、誰かに電話をかけました》
「相手はわからんのか」
《携帯電話の名義人は判明しています。吉田和彦、八十二歳。住所は西成区《にしなりく》の集合住宅。調査員をむかわせました》
「闇のケータイか」
《おそらく。カールトン周辺の配備は整いました。正面玄関と駐車場の出入口に二名ずつ、生方と北村にひとりずつ付かせました》
　GPSで所在を確認しているのだ。が、人数が気になる。

「人手はたりているのか」
《問題ありません。きょうの昼前、名古屋へむかわせた二人は戻ってきました。その報告はのちほど》
「おまえはホテルに来い」
言って、通話を切った。

《北村がホテルに到着。駐車場に入ります》

江坂の声がした。

「距離を空けて駐車場に入れ。周囲に注意しろ。北村が車を降りたら、尾行せずに駐車場に目を光らせろ」

木村がてきぱきと指示し、鶴谷に顔をむける。

「北村はアルコールを飲まないのでしょうか」

「わからん。車を置きっぱなしにはしないだろうから、代行ということもある」

頷き、木村がコーヒーを淹れた。

「名古屋での調査の報告をしてもいいですか」

「かまわん」

ホテルでは北村の話に時間を費やした。

鶴谷はコーヒーを飲み、あたらしい煙草を喫いつけた。

木村が話を続ける。

「愛朋会の理事長は、民和党の重鎮と昵懇の仲です」

「明神会幹部の放免祝いを主催した政治家か」

「はい。二人のつき合いは三十年にも及び、理事長は重鎮のスポンサーとも言われています。国会閉会中に二人が錦三丁目で豪遊する姿が何度も目撃されており、理事長が上京した折は銀座や赤坂でも一緒に遊んでいるようです」

名古屋市中区の錦三丁目は地元でキンサンと呼ばれ、〈錦三・栄〉は東海屈指の歓楽街として知られている。

「理事長と明神一家の接点は摑めたか」

「明神一家の組長が服役する前は、夜の街で一緒にいたと……組長は何人もボディーガードを連れて歩くのでめだったけれど、理事長はそれを気にするふうもなかったようです。ことしの九月に組長が放免されてからの目撃情報はありません」

「…………」

鶴谷は首をひねった。

合点がいかないことがある。煙草をふかしてから口をひらく。

「組長以外で、明神一家に理事長と親しかったやつはおるか」

「はい」木村が目元を弛めた。「神戸支部長の松島です。逮捕される前の組長はいつも松島を連れていたそうで、理事長と遊ぶときも料亭やクラブに同席させていたと……松島が神戸に移り住んでからも、錦三丁目で二人が一緒にいるのを見たという複数の証言を得ました。名古屋郊外のゴルフ場で一緒にプレイするのもゴルフ場の防犯カメラで確認しました」

「うっとうしい」

つい、口からこぼれでた。

どうやら、松島は避けて通れない相手のようだ。

木村が続ける。

「松島は、安高組の今永ともつながっているようです。愛朋会の理事長が行きつけのステーキハウスで、理事長と松島、今永が一緒だったという証言も得ました。その日は老舗クラブのママの誕生日で、例の重鎮の私設秘書も同席していたそうです」

「その一回きりか」

「残念ながら……ですが、会食の時期が気になります。去年の八月二十八日……大阪市が所有地払い下げを告知する三週間前です。老舗クラブのホステスによれば、理事長が大阪におおきな病院を建てると豪語していたそうで……そのとき、今永が顔をしかめ、松島が理事長に耳打ちしたとも証言しました」

「………」

鶴谷は口を結んだ。

推測を裏付けるには充分な証言だが、確証はない。大阪もしくは神戸で今永と松島が接触した事実は得ていないのだ。

胸の内を察したか、木村が話しかけてきた。

「土地払い下げの告知前後の、今永の行動を徹底的に調査しています。位置情報の分析に加え、今永が行きつけの飲食店関係者から話を聞いています」

頷き、鶴谷は腕の時計を見た。

北村がホテルに到着して二十分が過ぎていた。

スマートフォンが青く点滅する。長尾からのメールだ。

――北村は生方と二人で会食中。店内に不審人物は見あたらない――

返信を送る。

――北村は酒を飲んでいるか――

――ワインを飲んだ。テーブルには紹興酒もある――

――了解――

木村が携帯電話の〈スピーカー〉を押した。

《江坂です。駐車場は六割ほどの入りで、不審な車はありません。人が乗っている車も見あたりません》

木村が鶴谷を見た。

「鶴谷や。北村は酒を飲んでいる。俺は正面玄関にまわる。おまえは駐車場で待機。仲間にほかの出入口も見張らせろ」

《了解です。ほかに指示は》

「あぶない連中が近づいてきたら、そこから離れろ。トラブルはおこすな」

《そのように努めます》

江坂らしいもの言いだった。

通話が切れた。

木村が話しかける。

「移動しますか」

「ああ」

木村が運転席の照井に声をかける。

アルファードが動きだすや、木村が口をひらいた。

「不審な人物も車も見あたらないのは気になります」

「気にするな。俺の的は北村ひとり。おまえも、そのことに集中しろ」

「飲酒しているのならタクシーですね」

「さあ」

鶴谷は曖昧に返した。

予断は失敗の元だ。予期せぬ、とっさの出来事に対応できなくなる。

ホテルの正面玄関が見える道路の路肩に車を停めて一時間が過ぎた。
――二人が店を出る――
長尾からのメールだ。
続いて、木村の携帯電話がふるえた。
《北村がエレベーターで降りました。生方も一緒です》
木村が通話を切り、かけ直す。
「北村と生方が一階に降りる」

《二人が別々に行動したら、どう対応しますか》
「生方はいい。北村を見逃すな。ケータイはそのままにしろ」
《了解です》
木村が顔をあげ、おおきく息を吐いた。
すぐに声がした。
《北村を確認。正面玄関にむかっています》
続いて、別の声が届く。
《車寄せで二人は別れました。北村がタクシーに乗ります》
「社名とナンバーを確認し、メールで送れ。生方もタクシーか」
《いえ。玄関のほうを……白岩さんが出てきました。接近中です》
鶴谷は木村に話しかけた。
「全員、ホテルで待機させろ」
言って、江坂の携帯電話を鳴らした。
「そこを出て、アルファードで追え」
《了解です》
江坂の声がはずんだ。

アルファードが十三大橋《じゅうそう》に差しかかった。

コンテナトラックが風を切り裂くかのように対向車線を駆け抜ける。時刻は午後八時半を過ぎたところだが、道路を行き交う車はすくない。

後方を見ていた木村が姿勢を戻した。

「江坂の車以外、追尾する車はいません」

「江坂はひとりか」

「佐々岡が同乗しています」

鶴谷は煙草で間を空けた。

北村は淀川区東三国に住んでいる。新淀川を渡ればあと十五分ほどか。道路が空いているので十分もあれば着くかも知れない。

「江坂のケータイを鳴らせ」

木村が携帯電話にふれる。

「鶴谷や。先回りして、北村の自宅へむかえ」

返事を聞いて、通話を切った。

鶴谷のスマートフォンが点滅している。白岩からだ。

《用心せえ》だみ声が響いた。《北村はしきりに時間を気にし、何度かメールを送っていたそうや》

「北村は自宅にむかっている。生方はどうした」

《なかよくドライブ中よ。こいつの話がうそだと知れたら海に運ぶ》

「寒中水泳か」

《ええのう。余裕をかましてくれて、安心した。しくじるなよ》

通話が切れた。

タブレットを見ながら木村が口をひらく。

「五百メートルほど先の交差点を左折すれば、北村が住む住宅街です」

鶴谷は照井に声をかける。

「タクシーとの距離を詰めろ」

照井がスピードをあげる。

十メートルほど後方に接近したところで、タクシーが交差点を左折した。

「二つ目の路地角に公園があります。そこを左折して五十メートルほど走れば、北村の家に着きます」

「あっ」照井が声を発した。「スピードをあげました」

公園に差しかかるところだ。

「むりするな」

鶴谷が言いおえる前に、照井が急ブレーキを踏んだ。タイヤが軋《きし》む。

路地角の真ん中に黒っぽいワゴン車が停まっている。

鶴谷は、木村の携帯電話のリダイヤルを押した。

「道を塞がれた。北村の身柄を確保しろ」

ワゴン車から三人の男が出てきた。

アルファードのヘッドライトに照らされても気にするふうもない。

コートを羽織っている男は見覚えがある。明神一家の赤井。白岩に写真を見せられた。ブルゾンと革ジャンを着た男は乾分か。長尾の報告によれば、名古屋から神戸に移り住むさい、赤井は二人の乾分を連れてきたという。
二、三メートルほど近づき、赤井が足を止めた。
誘われているのはあきらかだ。

「おまえらはここを動くな」

言い置き、鶴谷はアルファードを出た。

薄手のブルゾンの中は黒のとっくりセーター。カーキ色のコットンパンツにジョギング用のスニーカー。準備は整っている。

赤井に声をかける。

「待たせたか」

赤井がにやりとし、顎をしゃくった。

三人が公園に入る。

外灯がともっている。児童公園か。砂場とブランコがある。

鶴谷は、三メートルほど距離を空け、赤井と対峙した。

ブルゾン男が左に動く。

別の男が革ジャンのファスナーを下ろした。白鞘を手にし、ドスを抜いた。

「おりゃ」

奇声を発し、ブルゾン男が頭から突進してきた。

受け止めるのは簡単だが、組み合うわけにはいかない。ドスが飛んでくる。

鶴谷は体を開き、右足を伸ばした。つま先が股間を直撃する。男がうめき、前のめりになる。間髪を容れず、右足を高く回した。二段蹴り。男の首を直撃する。

男が崩れ落ち、地面を舐める。

「おどれ」

革ジャン男が低く吼《ほ》えた。

右手のドスがキラリと光る。

距離が詰まった。

男が顔をゆがめる。右肩が動く。

鶴谷は、その一瞬を逃さない。身体を右に開き、左足を高く上げる。足の甲が男の右脇腹を捉えた。確かな手応え。肋骨を痛めたか。

男が右に傾く。うめき声が洩れた。

地面に着いた左足を軸に身体をひねり、右の拳を真っ直ぐに伸ばす。鈍い音。顎の骨がはずれたか。

男が這いつくばり、動かなくなった。

「けっ」

声がした。

赤井が右手を懐に入れる。

距離は三メートルたらずか。

鶴谷は、赤井を正面に捉え、腰をわずかにおとした。

「うっとうしい。死ねや」
拳銃が見えた。
鶴谷は、左足で地面を蹴った。身体が宙を飛ぶ。
右足の踵が赤井の胸のど真ん中に命中した。
のけ反りながらも、赤井は拳銃を放さない。
左足が地面に着くなり、右足で赤井の足を払った。赤井が体勢を崩す。
鶴谷は中腰になり、左拳を赤井の脇腹に叩き込む。
赤井が目の玉をひん剝いた。息ができないのか、口が半開きになる。
止めの一撃は股間を狙った。
鶴谷は姿勢を戻し、呼吸を整えた。
かなり乱れている。歳か。瞬発力に衰えを感じる。
三人とも動けそうにないのを確認し、公園を離れた。
人声もサイレン音も聞こえない。目撃者は外灯だけのようだ。
アルファードに戻った。
木村が両肩をさげる。緊張していたのか。すぐに声を発した。

「北村の身柄を押さえました」

「どこや」

「近くを走りながら指示を待っています」

「北村は抵抗したか」

「ほとんど……声もあげなかったそうです」

「それならホテルに連れて帰る。新淀川あたりでこっちの車に移せ」

頷き、木村が携帯電話にふれた。

鶴谷は煙草を喫いつけた。

咽がひりひりする。ペットボトルの水を飲んだ。

アルファードが動きだした。

指示をおえ、木村がコーヒーカップを差し出した。

「三人は」

「そのうち目が覚めるやろ」

そっけなく返し、コーヒーを口にした。

「何者ですか」

赤井のことは木村に教えていなかった。調査員に極道の相手はさせない。白岩と手を組んだときからそう決めている。
鶴谷は答えず、イヤフォンを耳に挿し、スマートフォンにふれた。
《どうなった》
咳き込むような声がした。
「赤井と乾分二人に絡まれた」
《何秒かかった》
「二分かな」
《おまえはその程度の腕よ》
「はいはい」
あっさり返し、煙草をふかした。
白岩の声に余裕が戻っている。
《三人は》
「公園で寝ている。誰かに通報されないかぎり、逃げ帰るやろ」
《道具を持っとるんやな》
「拳銃とドス」
《どこの公園や。長尾をむかわせる》

鶴谷は公園の所在地を教えた。
「おまえに面倒をかけそうや」
《毎度のことよ。けど、心配いらん。売られた喧嘩や》
「それで済むとは思えんが」
《そんときはそんとき……五秒でケリをつけたる》
「やめておけ。松島を相手にすれば、全面戦争になる」
《知ったことか》
「……………」
鶴谷は口をつぐんだ。
言うだけ疲れる。
それに、本音も話せない。覚悟を口にすれば、白岩が暴れだす。
《北村はどうした》
「ホテルに連れて帰る途中や」
《わいは事務所に帰る。難儀しそうなら連絡してこい。北村が吐くまで、生方を漬物部屋に閉じ込めておく》
通話が切れた。

木村がきょとんとしている。

何か言いたそうだが、声にはならない。

鶴谷は首をまわし、窓のそとを見た。

路上を走る車はさらに減っていた。

まもなく、大晦日になる。


北村は写真で見た印象よりもふっくらしていた。丸顔で、腹もでている。接待されたがるという情報も頷ける。

江坂が北村の腕をとり、ソファに座らせた。江坂もとなりに座る。

鶴谷は北村の正面に座し、声をかけた。

「何を飲む」

「いらん」北村が投げつけるように言う。「これは、何のまねだ」

無視し、デスクにいる木村を見た。

「水割りを頼む」

言って煙草をくわえ、火を点けた。

アルファードの中では会話を交わさなかった。車に乗り移ったとき、北村は後ろ手に手錠をかけられ、アイマスクを着けていた。『グランヴィア大阪』のエレベーターに乗るさいはサングラスにマスク、コートのフードを被せた。

　ほんとうに抵抗しなかったのか。眉に唾をつけたくなる。

　北村が口をひらく。

「ここは……おまえは誰だ」

「鶴谷。大和建工の美原から聞かなかったのか」

　北村が眉をひそめた。

「先週、北新地のクラブで、俺も遊んでいた」

「あっ」

　北村が目をまるくした。

「思いだしたか」

「捌き屋……南港建設の代理人になり、大和建工と交渉していると……そのことで、わたしを攫ったのか」

「質問は受けつけん」

「ふん。えらそうに。こんな目に遭わされる覚えはない」

　ふてぶてしいもの言いが続いている。

適材適所。そんな熟語がうかんだ。これくらいの気性でなければ、海千山千の猛者《もさ》たちを相手にする建設局の局長は務まらないだろう。

木村が水割りを運んできて、すぐデスクに戻った。

警察に動きがないか、チェックしているのだ。アルファードから自宅に電話をかけさせ、家人に、急用ができたので帰りが遅くなる、と言わせ、北村のスマートフォンの電源を切った。警察にGPSで追跡されたら面倒になる。

それでも、木村は油断しない。北村が証言を始めれば、入手した情報と照合するのだろう。デスクには三面の画像がある。

水割りを飲んだあと、ふかした煙草を消した。北村を見据える。

「市有地払い下げの手順を教えろ」

「はあ」

北村が間のぬけた声を発し、ややあって真顔に戻した。

「捌き屋のくせに、そんなことも知らないのか」

「ああ。で、頼む。あんたも早く家に帰りたいやろ」

北村が顎をしゃくり、木村のほうを見た。

「水割りを頼む」

言って、視線を戻した。

「土地の売却案件に関する手続きは簡単だ。まず、複数の不動産鑑定士に鑑定を依頼し、最低落札価格を決める。が、価格の決定は、関係部署の職員で入札価格等審査会を行なってからだ。そのあと、入札の告示、入札と続く」

北村が立て板に水のように喋った。

木村が運んできた水割りをごくりと飲んだ。

端折《はしょ》るな。

声になりかけた。

最低落札価格を決定したあとも作業がある。

入札には、一般競争入札、プロポーザル入札等があり、どれにするか、関係部署の会議で決める。近年はネットオークションを利用するようにもなった。

「大阪市はまめに市有地の払い下げを行なっているのか」

「財政再建の一環よ」北村が横柄に言う。「それに加え、万博やＩＲ誘致……何かと物入りなことが増えた」

「バーゲンセールか」

「ばかな。大阪市の土地はどこも右肩あがりだ」

「そうかい」

あたらしい煙草を喫いつけた。ふかし、続ける。

「名古屋の愛朋会が落札した大正区の土地も高値だったのか」

「…………」

北村が眉根を寄せた。

「相場の六割だったそうだな」

「入札は適正に行なわれた。どうしてそんな話をする」

「質問はするな」

鶴谷は語気を強めた。目でも威嚇する。

「答えろ。かなり低い設定の最低落札価格にもかかわらず、入札に参加したのはわずか三社……どういうわけや」

「知らん」

「ほざくな。あんたがあの案件にかかわったんは承知や」

「わたしは、手続きに則って、粛々と作業を進めた」

北村の声が弱くなった。

「地検特捜部にもそう答えたのか」

北村が啞然とした。顎がはずれたような顔になる。

鶴谷は畳みかけた。

「あの案件で不正が行なわれた。そういう情報を得て、地検特捜部が動いた。捜査の的は、あんたと安高組の今永専務……あんた、事情を聞かれたそうやな」

「ガセネタだ」北村が声を荒らげた。「それが証拠に、特捜部は捜査を断念した」

「違うな。確証を摑めなかっただけや」

「…………」

北村がそっぽをむく。

かまわず続けた。

「特捜部は、ある男の存在を軽視した。誰のことか、わかるな」

北村は視線を合わせようとしない。

江坂が右手で北村の顎を摑んだ。むりやり顔の向きを変える。

「大和建工の美原よ」

鶴谷は断定口調でいった。

確信はある。

「…………」

きょうの昼間、木村は密告者の梶本の自宅を訪ね、事情を聞いた。梶本は都市整備局の課長だった。木村が差しだした百万円を見ると、饒舌《じようぜつ》になったという。

――当初、大正区の物件は入札にかける予定はなかったそうで、梶本が個別案件として不動産業者と交渉していたそうです。それが急に入札物件に入れられた。不審に思い上司の西山局長に質問しても納得する返事はもらえなかったと。それればかりか、入札価格等審査会では、部外者ともいえる建設局の北村局長が積極的に発言した。その点も西山に訊ねたが、君がとやかく言うことではないと一蹴され、あげく、最低落札価格が決定したあと、会議には呼ばれなくなった。梶本は、北村に関する情報を集め、北村と大和建工の美原、北村と安高組の今永の腐れ縁を知ったと証言しました――

木村からの報告である。

北村は口をつぐんだままだ。が、目が泳ぎだしている。

「あんたと美原……ズブズブの仲らしいな」

「ばかな。仕事上のつき合いだ。それ以上でも、以下でもない」

「たかりの名人というのもうわさに過ぎんか」

「………」

北村があんぐりとした。

「業界内のうわさよ」

ぞんざいに返し、鶴谷は水割りを飲んだ。煙草をふかし、続ける。

「安高組の今永は、美原に紹介されたのか」

「忘れた」

「そうかい。なら、新年はここで迎えろ」

「ふざけるな」北村が眦をつりあげた。「わたしは帰る」

腰をうかしかける北村を江坂が押さえつけた。

北村の顔が真っ赤になった。

「警察に訴えてやる」

「好きにさらせ。が、事が公になれば、今永にも美原にも飛び火する。地検特捜部も捜査を再開する……ええのか」

「かまうもんか。わたしは無実だ。不正にはかかわらなかった」

「ほう」鶴谷はにやりとした。「不正はあったわけやな」

「…………」

北村がくちびるを嚙む。

こんどは顔が青ざめた。壊れた信号機のようだ。

「今永は、特捜部の事情聴取で証言している。あんたを料亭に呼びだし、市有地で、病院建設に適した土地がないか訊ねたと……具体的な面積も口にした」ひとつ息をつく。「が、その程度の情報収集は日常茶飯事に行なわれており、法に違反するような行為ではないと開き直ったそうや……それは認めるか」

「今永専務が言ったのなら、そうなんだろう」

北村が投げやり口調で返した。

鶴谷は左手をテーブルについた。右の拳を伸ばす。

鈍い音がし、北村がのけ反った。

江坂がティッシュボックスに手を伸ばした。数枚を北村の顔にあてる。

ソファが汚れるのを気にしたか。

北村の鼻から血が滴る。

「なんてやつだ」

聞きとれないほどの声だった。

「今永に何を頼まれた」

「専務の証言どおりだった……と思う」

「大正区の物件を教えたんやな」

「それは……専務がそう証言しているのなら……記憶にはないが」

北村がしどろもどろに答えた。

目が怯えている。身体も縮こまった。

「あんたが話した時点で、あの物件は入札予定になかった。それを強引に入札物件に変えたのは、あんたや」

「違う」

声がうわずった。

北村が必死の形相で何度も首をふった。

鶴谷は質問を続ける。

「最低落札価格を決めるため、市は二人の不動産鑑定士に鑑定を依頼した。二人の名前を憶えているか」

「はっきりとは……わたしの仕事ではなかった」

「誰が指名した」

「都市整備局……普通はそうだ」

「あの案件に関しては普通じゃなかった」

独り言のように言い、鶴谷は水割りを飲んだ。グラスを置き、視線を戻す。

「肚を据えて答えろ。俺の質問に正直に答えれば解放してやる。答えなければ……うそをついてでも、あらたな証拠を添えて、地検特捜部に情報を提供する」

「そんな……」

北村が目をしょぼつかせた。

いまにも泣きだしそうだ。

「不動産鑑定士は二人とも大和建工の美原と親交がある。知っていたか」

北村がちいさく頷いた。

「美原は最低落札価格を低く設定するよう鑑定士に依頼した……そうだな」

「知らない。ほんとうだ」

「…………」

鶴谷は目をつむり、首をまわした。

鎌をかけたが、通じなかった。

二人の不動産鑑定士と美原が旧知の仲なのは事実である。が、木村は不動産鑑定士と接触できなかった。ひとりは九州、もうひとりはハワイに旅立ったという。

頭を整理し、口をひらく。

「大正区の土地は格安物件だったのに、入札希望者が三社とはどういうわけだ」

「わたしに訊かれても……」

北村が声を切った。

江坂の左手が北村の右肩に乗ったのだ。

「入札価格等審査会では、担当部署である都市整備局の者を差し置き、積極的に発言していたそうじゃないか」

「頼まれたんだ」

声に力が戻った。訴えるようなまなざしになる。

逃げ道をさぐりあてたか。

「誰に」

「都市整備局の西山さん……自分は立場上できないが、あの物件を入札にかけ、最低落札価格を低く設定するよう、強く発言してくれないかと」

さん付けしたのは西山の二歳下のせいか。いずれにしても立ち位置がわかる。

鶴谷は頷いた。

部外者であっても、局長の発言力は強い。入札価格等審査会に参加した幹部職員は西山と北村だけである。西山が北村に発言を求めれば、誰も文句は言えない。

「そうさせたのは安高組の今永か、それとも、大和建工の美原か」

「たぶん、美原さん……わたしは、美原さんに頼まれ、西山さんに会わせた」

おなじ専務という肩書なのに、今永は専務、美原はさん付け。こちらは距離感の違いか。

「理由は聞いたか」

「市有地のことで訊ねたいことがあると」

「美原が西山に会ったのと、今永があんたに大正区の土地の話を持ちかけたのと、どっちが先や」

「美原さん」

「つまり、美原が市有地の情報を得たあと、今永はあの土地に目をつけた」

「そうかも知れない」

蚊の鳴くような声になった。

「あんたが、あの土地を入札にかけるよう、西山に持ちかけたのか」

「それはない。わたしが専務に頼まれたときはもう、入札が決定していた」

「どういうことや」

北村が首をひねった。ややあって、口をひらく。

「美原さんが西山さんに掛け合ったのかも知れない」

曖昧なもの言いが続いている。

だが、うそをついているようには見えない。

鶴谷は煙草で間を空けた。

「確認するが、あんたは、美原に頼まれ、西山に会わせた。一回きりで、その後、美原は直に西山と連絡をとっていた」

「だと思う」

「今永は、あんたに何を頼んだ」

「入札価格等審査会で、大正区の土地を入札にかけるよう強く推し、最低落札価格を低く設定するよう求められた」

「そのことを西山に話したか」

「しない。最低落札価格は不動産鑑定士の鑑定結果どおりだと……審査会での発言を頼まれたとき、西山さんから聞いていた」

「地検特捜部の事情聴取で、そのことを話したか」

北村が首をふる。

「西山さんに関する質問はほとんどなかった」

「…………」

鶴谷は顔をあげ、天井の片隅に目をやった。

絵図は見えている。

不正入札にかかわったのは四人。首謀者は安高組の今永、今永の依頼を受けて、大和建工の美原は都市整備局の西山に接近した。美原と西山をつないだのは建設局の北村で、この構図は間違いないだろう。

だが、首謀者の今永と不正を実行した西山との接点の有無がわからない。

逆に、すっきりしたこともある。

密告者の梶本は今永と西山の関係について語らなかったという。

捜査資料を見るかぎり、地検特捜部は西山の存在を軽視していた。

そう推察すれば合点がいく。

西山は、入札価格等審査会の翌日に二百万円、愛朋会が大正区の土地を落札した翌日に四百万円、自分の口座に入金していた。

その事実を、地検特捜部は把握していなかったようだ。

現在、木村の部下が、二度の入金当日の西山の行動を追っている。すでに追跡中の美原の行動と照合するとも聞いている。

鶴谷は視線を戻した。

「あんた、幾らもらった」

「えっ」

「仲介料よ」

「そんなものは……」

北村が眉尻をさげた。

苦笑したようにも見える。

「もらえんか。さんざんいい思いをしているからな」

北村がうなだれた。

鶴谷は江坂に声をかける。

「自宅まで送ってやれ」

江坂が目をしばたたき、思い直したように腰をあげた。

江坂と北村が部屋を去るや、木村がソファに移った。

「いいのですか」

「かまわん。あいつは蚊帳のそと……不正入札には関与してない。地検特捜部も甘くはない。北村の関与を立証できなくて、捜査を断念した」

「予断でしょうか」

「どうかな」

さらりと返し、水割りをあおった。グラスを空にする。

木村がお代わりをつくってくれた。

それもひと口飲み、あたらしい煙草を喫いつける。

「実行犯は美原と西山……確定やろ。今永は美原を操り、北村は便利に使われた」

「となれば……あのカネの原資ですね」

西山が入金した六百万円のことだ。

「ああ」

「美原を攫いますか」

「証拠もなしに口を割るとは思えん」

「しかし、西山は高知です」

「ん」

初めて聞いた。

それで自分も西山を軽視していたことに気づいた。

「実家か」

「はい。きのう、ひとりで里帰りしました。女房と二人の娘は、二十八日から北海道へ……女房の実家は長野なので、観光旅行でしょう」

「いつ帰る」

「飛行機の予約では、西山が三日、女房らは五日になっています」

「………」

瞳が端に寄った。

「行くのですか、高知へ」

木村が前のめりになっている。目は熱を帯びてきた。

勘が鋭い。というか、鶴谷の頭の中が読めるようになっている。

答えず、鶴谷は煙草をくゆらせた。


身の丈よりも高い門松が飾られている。門の修復作業はおわっていた。

午後九時過ぎ。花房組事務所の門扉は開いている。

鶴谷は敷地に入った。

煌々と灯りがともる玄関の扉が開き、三人の男が出てきた。

「鶴谷さん、こんばんは」

坂本が笑顔で駆け寄ってきた。

紺色のスエットの上下。腕まくりしている。額の汗が光った。

「まだ大掃除をしているのか」

「掃除はきのうおわりました。おせちをつくっています」

若者二人が頭をさげ、かたわらを過ぎる。

鰹節のにおいがした。二人が持つトレイには四つの丼がある。

「差し入れか」

路地角には二台のパトカーが停まっていた。

「はい。年越し蕎麦を……親分がお待ちかねです」

言って、坂本が門へむかった。


白岩は白のジャージを着て、ソファで寛いでいた。

めずらしくテレビが点いている。ＮＨＫの紅白歌合戦か。が、音はない。白岩は見ているふうではなかった。正月飾りのようなものか。

「にぎやかで何より。全盛期の事務所に戻ったみたいや」

声をかけ、ブルゾンを脱いで、ソファに腰をおろした。

玄関には人のぬくもりがあった。キッチンのほうで元気な声が飛び交っていた。

白岩が口をひらく。

「飯は食ったか」

「皆と済ませた」

答え、鶴谷は煙草を喫いつけた。

午後七時、木村と調査員全員をレストルームに集めた。

年跨ぎの仕事のさなかでもけじめはつける。ホテルスタッフにテーブルと人数分の椅子を用意させ、ステーキハウスのコース料理を運んでもらった。元日の朝は各部屋におせち料理が届くよう手配してある。

鶴谷は皆と食事をしてから部屋を出た。邪魔者は消える。部屋にはカラオケも用意した。木村には、はめをはずせ、と言ってきた。

坂本が入ってきた。

「鶴谷さん、年越し蕎麦を食べられますか」

「あとでもらう。水割りを頼む」

「はい」

坂本が背をむけた。

煙草をふかし、視線を戻した。

「こんやは泊めてくれ」

「そのつもりよ。先代の部屋で寝え」

二階の角部屋は先代の花房が使用していた。白岩の寝室はそのとなりで、花房の部屋は普段使用していないと聞いている。

「坂本が仕切っているのか」

「まだ早い。年末年始を仕切れるのは和田しかおらん。が、和田は蕎麦屋で皿洗い……人手がたりんそうや」

「…………」

鶴谷は肩をすぼめた。

どう言葉を返していいのか、わからない。

「元日も店を開けるそうな。覗いてみるか」

「やめておく」

「薄情な親やで」

「認める」

あっさり返した。

白岩は笑って言ったが、言葉は胸に突き刺さった。

坂本がトレイを運んできた。

マッカラン18年のボトルとアイスペール、バカラのタンブラー。チョコレートとナッツを載せた小皿もある。水割りをつくり、坂本が去った。

白岩が薄いチョコレートをつまみ、水割りを飲んだ。咽を鳴らし、顔をむける。

「きょうは何をした」

「夕方まで寝ていた」

「頭が混乱して、寝付きが悪かったか」

「そんなところや」

そっけなく返し、煙草をふかした。

ベッドに横たわったのは空が青くなってからである。

木村がレストルームを去ったあと、白岩の携帯電話を鳴らした。建設局の北村の証言をかいつまんで話した。ひと風呂あびてソファに戻り、木村が入手した資料と部下の調査報告書を精読した。

「木村の部下もやることがないか」

「それはない。人は動かず、情報やデータの入手もむずかしくなったが、データ分析や映像解析はできる」

「連中の所在は摑めているのか」

「GPSがあるからな。安高組の今永と大和建工の美原は家にこもっている。二人には午後六時まで調査員が張り付いていた」

「ほかは」

「北村は監視対象からはずした。西山は高知……里帰りしている」

「関西電鉄の渡辺は監視してないんか」

「ああ。前にも言ったが、しても意味がない」

「それで、仕事になるんか」

「そのほうが捗る」

白岩が眉根を寄せた。

「的を絞ったか」

「今永を攻める。現時点で、一番の近道や」

言って、グラスをあおった。

白岩といえども、自分の考えを披瀝することはなかった。が、今回はこれまでとは状況が異なる。白岩は依頼主である。

グラスを置き、白岩を見つめた。

話しかける前に、白岩が口をひらいた。

「不正入札……真相を暴けるのか」

「状況証拠は揃った。有力な証言もある」

「とは言うても、地検特捜部が断念した案件や」

「やつらは攻める相手を見誤った」

「どういうことや」

鶴谷はふかした煙草を灰皿に消した。

「不正入札を企てたのは今永……愛朋会の理事長に頼まれてのことやろ。今永の指示を受けて、美原が動いた。ここまでは地検特捜部の捜査報告書とおなじや。が、特捜部は、使い走りに過ぎない北村に執着した。まあ、当然や。北村は、美原とズブズブの関係で、今永にも世話になっている。しかも、入札価格等審査会で強引な発言をくり返したおかげで、密告者も北村に疑惑の目をむけていた」

「なるほど」

白岩の眼光が増している。

「特捜部は、西山の存在を軽視していた。捜査報告書には西山の銀行口座に関する記述がない。今永と美原を恐れてか、北村は西山のことは言わなかったそうや」

「西山が大阪に戻ってきたところを攫う……そういうことか」

「悠長な」鶴谷は目で笑った。「あした、高知へ行く」

「そうやのう。わいは甘い」

白岩が目元を弛め、ソファにもたれた。

満足そうな顔をしている。

考えを示したことで安心したか。

白岩がグラスをゆらし、ゆっくりと水割りを飲んだ。

「用心せえ。下手に攫えば、家族に通報される」

「その心配はない。西山はひとり。女房と子は北海道旅行や」

「おまえは運にも恵まれとる」

「認める」

笑顔で返した。

前回の案件のときは、「人に恵まれとる」と言われた。「根っこはおまえよ」、そう返したのを憶えている。本音の吐露に、白岩は気恥ずかしそうな表情を見せた。

人生は運。運の根っこは人。これまで嫌というほど実感してきた。

鶴谷は言葉をたした。

「アルファードで行く」

「ホテルはとれたんか」

「本町の新阪急高知。あさってから三泊四日で確保した」

二日の朝に到着する旨もフロントに伝えてある。

「西山の帰りの便は」

「三日の午前十一時十五分。搭乗するまでに何とかする。上手くいけば、その日の内に大阪に戻れるやろ」

白岩がにこにこしている。

行動予定を詳細に教えるのも初めてのことだ。

白岩には依頼主ということ以外にも、そうする理由がある。白岩の頭の中には明神一家がある。神戸支部長の松島の動きを読みながら手を打つのは目に見えている。

できることなら白岩と松島の衝突は避けたいところだが、そう都合よくはいかないだろう。神戸支部が客分として預かっている赤井を叩きのめしたのだ。

昨夜、白岩の指示を受けて長尾が急行したとき、公園には誰もいなかったという。所轄署が動いていないのも確認できた。赤井らは運よくずらかったのだろう。けさ、乾分のひとりが難波の整形外科医院で受診していたことも判明した。顎の骨に亀裂が入っていたそうだ。

きょうの夕方、白岩との電話で、そういう話を聞いた。

白岩の肚は戦闘態勢で固まっているはずである。

それなら、せめて対応し易くしてやりたかった。

白岩が口をひらく。

「赤井のことは心配するな」

「どうして」

「赤井は神戸に帰ってない。女の部屋におる。やつのスマホのＧＰＳで確認したそうや。長尾の仲間が張り付いとる」

鶴谷は頰を弛めた。

「めあては拳銃か」

「図星や。拳銃を押収すれば金星……明神一家の関係者なら本部長賞ものや。南署のマル暴担当は、赤井が出てくれば職務質問をかけるやろ」

「…………」

赤井はどうでもいい。

そのひと言は胸に留めた。すこしでも気分がらくになるよう話したのだ。

白岩が大声で坂本を呼んだ。

坂本がすっ飛んできた。頭にタオルを巻いている。

「蕎麦を食う」

「がめ煮ができました。召しあがられますか」

がめ煮は九州北部の郷土料理である。鶏肉、干し椎茸、里芋、人参などを甘辛く煮付けたもので、正月料理には欠かせない。関東では筑前煮ともいう。

「ええのう。おまえの実家のどんこは絶品や」

「おふくろが、泣いてよろこびます」

坂本の目が輝いた。

坂本は大分の出身である。高校二年のとき家を飛びだし、大阪に流れ着いた。

白岩は梅田界隈でぐれていた坂本に喧嘩を売られた。拳一撃で気絶させ、事務所に連れ帰ったと聞いている。素手の喧嘩を売られたことがうれしかったそうだ。

部屋住みを始めた坂本に、親を粗末にするなと説教したという。坂本は母親に手紙を書いた。白岩に拾われ、花房組事務所で修業をする日々を綴ったという。

坂本の母親は感激し、花房に感謝の手紙を書いた。実家は農家で、それ以降、母親は季節の野菜や果物を事務所に送ってくるようになった。

鶴谷は、坂本に声をかけた。

「ひと段落したら、こっちに来い。遊んでやる」

坂本がにこりとした。

「花札ですか」

声もはずんだ。

何度か、坂本と花札で遊んだ。一度も勝った例《ためし》がない。人にも運にも恵まれているが、博才はからっきしである。

「わいもやる」

言って、白岩が破顔した。

「はいはい」

鶴谷も笑顔で返した。

お年玉はたっぷり用意してきた。

吸い込まれそうな漆黒の闇に無数の星がきらめいている。眼下も星。船灯がゆれている。島の民家のこぼれ灯も見える。

瀬戸大橋を初めて渡った。橋上を行き交う車はまばらだった。

江坂が運転席の照井に声をかける。

「橋を渡ったら交替しよう」

「平気です。高知まで、まかせてください」

照井の声は元気だった。

吹田ＪＣＴから中国自動車道、山陽自動車道を走り、早島ＩＣで瀬戸中央自動車道に移った。その間、アルファードは走り続けている。

瀬戸大橋を過ぎれば、坂出ＩＣからは高松自動車道で高知にたどり着ける。走行距離は約三百二十キロメートル。順調なら五時間とかからない。

鶴谷は、飽きることない夜景から目をそらした。江坂に声をかける。

「酒はあるか」

「はい。何を飲まれますか」

「水割りを頼む」

江坂が腰をうかし、小型冷蔵庫に手を伸ばした。

「おまえも飲め」

「そうはいきません」

「照井も男や。二言はない」

「もちろんです」

運転席から声がした。

江坂が苦笑する。

「では、薄いのを頂戴します」

江坂が水割りをつくり、照井にはホットコーヒーを渡した。

木村はホテルに待機させた。拍子抜けするほどあっさり、木村は受け入れた。体力に自信がないのか。高速道路を走るとはいえ、車での長旅は疲れる。車の振動に腸が機嫌を損ねれば、迷惑がかかると判断したか。

江坂が舐めるように水割りを飲んだ。目を細め、口をひらく。

「四国は初めてですか」

「飛行機でも行ったことがない」

「自分も……女房は愛媛の生まれですが、親兄弟も親戚もいなくて」

「正月休暇がとれたら、連れて行ってやれ。実家はなくても、においは感じる」

「考えておきます」

江坂の顔は満更でもなさそうだ。

鶴谷は、水割りを飲み、煙草を喫いつけた。
たわむ紫煙の中に菜衣の顔がうかんだ。
けさは菜衣からの電話で目が覚めた。
――コウちゃん、おめでとう――
――おめでとうさん。故郷は、どうや――
――皆さん、歓待してくれた。朝風呂からあがったところ――
――武雄温泉か――
――そう。偶然だけど、コウちゃんと泊まった部屋よ――
――……――
声がでなかった。
こういう話に反応できないのは毎度のことである。
――コウちゃんは、どこ――
――極道の事務所や――
――たのしそう――
――こんや、高知に行く――
――へえ。父がよろこぶかも――

他愛もないやりとりで通話を切った。

鶴谷は腕の時計を見た。午前四時を過ぎたところだ。

煙草をふかし、江坂に話しかける。

「ひと眠りする」

「高知に着いたらホテルに直行ですか」

「その前に、西山の実家を下見する」

「わかりました。高速道路を降りる前に起こします」

頷き、グラスをあおった。ふかした煙草を消し、シートを倒した。

江坂が毛布を掛けてくれた。

★　★

メルセデスを降り、着物の襟を正した。

毎年、正月二日に花房家を訪れるたび、紋付袴を着用する。花房組二代目襲名披露の儀式のために花房が誂えてくれた。家紋は五三桐《ごさんのきり》。花房家の家紋である。

花房からは、白岩家の家紋を入れるよう言われたが、固辞した。白岩は家の家紋を見たことがなく、のちに熊笹であることを知った。固辞した理由はほかにある。花房組二代目として花房家の家紋を背負いたかった。

門柱に掲げられた日章旗に一礼し、玄関へむかう。

金子と石井が続き、和田が従った。

玄関の格子戸を開ける。

「あけまして、おめでとうございます」

白岩は大声を発した。

廊下を踏む音がして、姐《あね》の愛子があらわれた。黒留袖に錦糸の帯。いつにも増して矍鑠《かくしゃく》として見える。

「おめでとうさん」愛子が目を細めた。「ことしは賑やかやのう」

「姐さん、おめでとうございます」

金子が言い、腰を折る。

石井と和田が倣った。

「あがり」

言って、姐が背を見せた。

白岩は頬を弛めた。

帯の真ん中に純白の鶴が舞っている。

居間に入った。

花房は座椅子に胡座をかいていた。

白岩は、座卓から距離をとり、花房の正面に正座した。両脇に金子と石井、和田は後方に控える。三人が姿勢を正すのを見て、口をひらいた。

「新年、おめでとうございます。本年も、よろしくお願い申し上げます」

「おめでとう。ことしもよろしく頼む」

花房が紋切り口調で言った。

稼業を離れてひさしいのに、現役のころの癖が抜けきらないのだ。

白岩は、膝行《しこう》し、座布団に座した。金子と石井も前に進み、和田は庭を背にする位置に座った。襖に近いほうは姐の指定席である。

両手で白磁の徳利を持ち、差しだした。

花房が朱漆の盃で受ける。ひと息に飲み干し、盃を返した。

「頂戴します」

白岩も盃を空けた。

花房は三人にも屠蘇を注いだ。

座卓の中央には鯛。三キロはある。それぞれの前に置かれた小鉢には、少量の黒豆と数の子が入っている。これも毎年変わらない。

花房が箸を持ち、鯛を突《つ》いた。ひと口食べる。

白岩が続き、三人も鯛の身を口にした。

花房家の新年の儀式はおわった。

花房が座椅子にもたれた。表情が弛む。

「光義、鶴谷はどうした。東京に帰ったか」

「四国へ飛びました」

「なんと」花房が目をまるくした。「正月も返上か」

「はい。やつは手抜きなし。そういう気性です」

金子が口をはさむ。

「兄貴と正反対やな」

「おっしゃるとおりや。で、万事うまくいく」

白岩はあっさり返した。

石井と和田の表情も弛んだ。

姐が入ってきた。座卓に徳利二本を立て、車海老の塩焼きをならべた。

「おせちは飽きたやろ。しゃぶしゃぶはどうや。皆で来ると聞いたさかい、但馬《たじま》の牛を取り寄せた。金子、ステーキもあるで」

「よろしいな」

金子が顔をほころばせた。

姐は、金子も石井も牛肉が大好物なのを覚えていたのだ。

「ほな、両方にしよか」

姐が腰をうかした。

「姐さん」和田が声を発した。「台所をお借りします」

言いおえる前に、和田が立ちあがった。

「親分、坂本を中に入れてよろしいか」

「好きにせえ」

白岩は鷹揚に返した。

襖が閉まり、二人の足音が遠ざかる。

花房が酒を飲み、金子に話しかける。

「どういう風の吹き回しや。そろそろくたばると思うて、顔を見に来たんか」

「滅相もない。先代には百歳を超えても長生きしていただきます」

花房は齢八十になった。心臓の近くにできたがん細胞は残ったままだが、抗がん剤治療のおかげか、この数年、病状が悪化することはない。

金子が続ける。

「本日は、この肚に活を入れるために参上しました」

「安もんの肚やのう。肝を据えんかい。肝が据われば、肚は決まる」

「肝に銘じておきます」

白岩は視線をおとし、箸を動かした。

金子らが一成会本家との確執を口にしないか、内心はらはらしている。

白岩は、度重なる角野との悶着を花房に話したことがない。花房の元舎弟が本家の跡目相続のことで花房に相談したこともあったが、花房は深入りをせず、白岩に真相を問い質すこともなかった。

一抹の不安を感じながらも、白岩は金子らの要望を受け入れた。恐縮しきりだった和田を同行させたのにも理由がある。

自分は極道社会に生きている。根を張ったつもりでもいた。その自覚が薄れていたのか。ちかごろ、そんなことを思うようになった。

己ひとりの身でないことも改めて意識している。

背負うもの、かかえるものがなければ、これほど気楽な人生はない。人間、生まれたときは素っ裸。人生、山あり谷あり。楽あれば苦あり。

わいの人生、行って来いなら御の字や。

そう嘯ける。実際、そういう人生を望んでいた。

だがしかし、白岩は、花房の意思を継ぎ、花房組の組長になった。身内に恵まれ、花房一門の夢を託されている。

かけがえのない盟友がいる。花屋の好子もいる。

とはいえ、わが身はひとつ。幾つもあればとは思わない。己の筋目を通す。それだけのことだ。口癖のように言う〈でたとこ勝負〉は、偽りのない本音である。

大切なものが幾つあろうとも、ほかのことを気にして、眼前のことから目を背けることはできない。男が守り抜く筋目とはそういうものだ。

金子が昔話を始めた。石井も話に乗った。

失敗談ばかりである。下ネタもまじった。

花房が組長だったころ、白岩も、金子や石井も花房四天王と称され、天狗になっていた時期があった。ときに怒鳴りつけ、あるときは鉄拳をふるい、諭してくれたのが花房である。姐にも幾度となく説教された。

いまも極道社会に生きているのに、座卓の上でくりひろげられている丁々発止のやりとりは、昔話ではなく、夢の中の話のようにも感じる。

懐かしくもあり、寂しくもある。

襖がひらいた。

坂本が廊下に正座している。

「先代、あけましておめでとうございます。本年も、ご指導、ご鞭撻のほど、よろしくお願い申し上げます」

坂本がしかつめらしく口上を述べた。

「おう。しっかり励め」

「はい」

坂本が入ってきて、四人の前に鉄板プレートを置いた。

ヒレ肉のステーキはスライスされ、素揚げのポテトと菜花が添えてある。

「先代と親分は百二十グラム、叔父貴のお二人は二百グラムにしました。下味はつけておりません」

言って、坂本が部屋を出た。

それぞれの前には、塩、ポン酢、山葵の皿がある。

「但馬の肉はひさしぶりや」

つぶやき、花房は何もつけずに食する。眦が垂れた。

白岩は山葵を載せて食べた。

会話が途絶えた。金子も石井も手と口を休めることがない。

それを見ているだけで、白岩はしあわせな気分になった。

極道でも、安穏を感じる一瞬があっても罰はあたらないだろう。

★　★

ホテル内のレストランで朝食を摂り、車寄せからタクシーに乗った。

時刻は午前七時半過ぎ。まもなく高知龍馬空港から大阪行きの第一便が飛び立つ。

つぎの便は八時四十五分、西山が予約しているのは第三便である。

――家に灯がともりました――

午前六時前、照井から連絡があった。家の中の様子はわからず、家人の姿も見えないという。西山が出てきたら、尾行するよう指示して通話を切った。

西山が早い便に変更しても対応はできる。高知龍馬空港へは西山の実家からよりもホテルからのほうが早く行ける。

となりに座る江坂が顔をむけた。

「予約の便に乗りそうですね」

「遅らせるということもある」

「むりです。全便満席……Uターンなのでキャンセルはほとんどないでしょう」

「予断は持つな。気分が変わって、ＪＲを利用するかも知れん」

「そちらも……そうですね」

江坂が口をつぐんだ。

運転手の耳がある。

国道32号線のバイパスを通り、タクシーは北上している。

左手に土佐神社が見えた。国の重要文化財に指定されている。

「二つ目の信号を右折してくれ」

運転手に声をかけた。

西山の実家は高知市一宮東町にある。昭和四十年代に造成された住宅地は年を追うごとに戸数が増え、市内有数の住宅地に発展したという。

住宅街に入った。車がむりなくすれ違える程度の道幅がある。あちらこちらの門柱に日の丸が掲げられている。都会では見られなくなった光景だ。

前方の路肩にアルファードが停まっている。

その後方で停め、タクシーを降りた。

ちいさな娘が犬に引きずられるようにして歩いている。

「おめでとうございます」

甲高い声で言い、娘が笑みをひろげた。歯が何本も欠けていた。

「おめでとうさん」

面食らいながらも、あかるく返した。

アルファードに乗り、運転席の照井に声をかける。

「動きはないか」

「はい。家からは誰も出てきません」

実家には八十三歳の母親が独りで暮らしているという。きのうの昼間、西山は五十年輩の女と家を出て、土佐神社に参拝した。近くのスーパーマーケットに寄って帰宅したあとは姿を見せないとの報告を受けた。女は西山の妹で、広島市に住んでいる。夫はちいさな水産加工会社を経営し、夫婦には一男一女がいる。

西山の母親が痛風を患っていることも判明した。医療データによれば、症状が悪化しているようだ。そういう情報も簡単に入手できる時代になった。

照井が言葉をたした。

「家を訪ねてきた者もいません。不審な人物や車も見かけませんでした」

昨夜は江坂からおなじ報告を受けた。

江坂がコーヒーを淹れた。

ホルダー付きのカップを鶴谷の前に置き、照井にはカップと紙袋を渡した。サンドイッチとサラダが入っている。

鶴谷は、照井が食べおえるのを待って声をかけた。

「西山の家の先に空き地があったな」

「はい。軽自動車が停まっていますが、この車を止めるスペースはあります」

「行ってくれ」

数時間おきにアルファードを移動しているとはいえ、丸一日もいるのだから、不審に思う住民がいるかも知れない。家から出てきた西山が東京ナンバーの車を見て首を傾げるおそれもある。

午前十時、路上に立っていた江坂がアルファードに戻ってきた。

「タクシーが西山の家の前で停まりました」

「西山は」

「まだ見えません」

アルファードが空き地から出た。西山家とは二十メートルほどの距離がある。

ほどなく、西山と妹があらわれた。

西山はトランクにキャリーバッグを入れ、妹と言葉を交わし車に乗った。

母親の姿はない。寝たきりなのか。

妹に見送られ、タクシーが走りだした。


大津バイパスを横切り、南国バイパスを東へむかう。

空港へむかう車線は混雑していると予想していたが、そうでもなかった。順調にいけば十時半には着きそうだ。

右手に高知龍馬空港の管制塔が見えてきた。

照井に声をかける。

「追い越して、タクシー乗場の近くに停めろ」

「はい」

アルファードが加速する。あっというまにタクシーを置き去りにした。

高知龍馬空港は駐車場がやたらひろい。空港の建物はこぢんまりとし、搭乗ゲートへむかう通路は階段とエスカレーターがならぶ一か所だけである。

鶴谷は、ロビーを見回し、すぐアルファードに引き返した。

右手からタクシーが近づいてきた。アルファードのかたわらを過ぎ、正面玄関前で停まる。西山が支払いを済ませ、西山が車から降りた。運転手も出てきて、トランクを開ける。西山が左手でキャリーバッグを引きずる。

周囲に人がいるが気にしてはいられない。

近づき、西山の右腕をとった。

「大阪市役所の西山さんやな」

「……………」

西山がぽかんとした。

細身の面長で、神経質そうな目をしている。肌は浅黒い。西山の趣味は海釣りとゴルフだが、南国高知の生まれということもあるのか。

「俺は鶴谷……知っているか」

西山が首をふる。

「つき合ってくれ。話がある」

「ことわる。これから飛行機に乗るんだ」

「そうはいかんのや」

低い声で凄み、右手で西山の右手を摑んだ。

西山が顔をゆがめる。

「声をだせば、指の骨を折る」

腕をとる手にも力を込めた。

いつのまにか、アルファードが目の前に移動していた。ドアが開く。

鶴谷は、西山を押し込み、キャリーバッグを載せた。

江坂が抱きかかえるようにして西山をとなりに座らせた。

アルファードが発進する。

西山が眦をつりあげた。

「これはいったい、どういうことや」

「見てのとおり、あんたは拉致された」

「あほな……どこへ連れて行く気や」

「俺の質問に正直に答えれば、今夜には大阪に戻れる。答えなければ、鳴門の渦潮にのまれるやろ」

「……………」

西山が口をぱくぱくさせた。声にならない。

「一昨年の秋に市が払い下げた土地のことや」

「……………」

今度は目をまるくした。目の玉が飛びだしそうだ。

動転したのはあきらかだ。気が弱いのもわかった。

「コーヒーを飲むか」

「いらん。降ろしてくれ。わたしは……関係ない」

「何と関係ないのや」

「それは……」

西山が眉尻をさげた。

顔から血の気が失せ、いまにも泣きだしそうに見える。

鶴谷は、江坂に声をかけた。

「舌が回るよう、水をやれ。その前に、ポケットをさぐれ」

江坂が西山の服にふれる。意味は理解したようだ。ダウンジャケットの内ポケットからスマートフォンを取りだした。

「チェックしろ」

江坂が発着信履歴を確認し、顔をあげた。

「大晦日の夕方、美原からの着信を受けています。通話時間は約七分。きのうは西山が美原に……こちらは三分たらずです」

鶴谷は頷いた。

大晦日の昼、建設局の北村は美原に電話をかけ、十分ほど話していた。自分が攫われたことを喋ったか。それは想定内だった。口止めしたわけではない。口止め料を渡しても油断はしない。

北村と話したあと、美原は安高組の今永の携帯電話を鳴らした。五分ほどのやりとりだった。その十分後には、今永は電話で誰かと話していた。相手の番号は西成の集合住宅に住む男の携帯電話である。

鶴谷は煙草を喫いつけた。ふかし、西山の目を見つめる。

「ほんとうに俺を知らないのか」

「知らん。何者や」

「あんた、過保護に扱われていたようやな」

「はあ」

西山が間のぬけた声を発した。

無視してスマートフォンを手にとり、イヤフォンを耳に挿した。

一回の発信音で白岩がでた。

《わいや》

「身柄は押さえた。徳島から淡路島経由でそっちへむかう」

若干だが、瀬戸大橋経由よりは走行距離が短いし、Uターンラッシュの渋滞に巻き込まれる確率が低いというデータもある。

《用心せえ。この先、何がおきるか、わからん》

「承知よ。おまえもな」

《自由行動か》

「事ここに至っては、動くなとは言わん」

通話を切った。

動くなと言っても、白岩がじっと自分の帰りを待つとは思えない。

コーヒーで間を空け、西山を見据えた。

「もう一度訊く。何と関係ないのや」

「…………」

西山がうなだれた。

鶴谷は、西山の視線の先にＩＣレコーダーを置いた。

「建設局の北村の証言や」

北村の声が流れる。

――今永は、特捜部の事情聴取で証言している――

そこから始まるよう設定していた。

西山は顔をあげず、身を縮めたまま聞き入った。

――入札価格等審査会では、担当部署である都市整備局の者を差し置き、積極的に発言していたそうじゃないか――

――頼まれたんだ――

――誰に――

――都市整備局の西山さん……自分は立場上できないが、あの物件を入札にかけ、最低落札価格を低く設定するよう、強く発言してくれないかと――

――そうさせたのは安高組の今永か、それとも、大和建工の美原か――

――たぶん、美原さん……わたしは、美原さんに頼まれ、西山さんに会わせた――

――理由は聞いたか――

――市有地のことで訊ねたいことがあると――

西山の頬が痙攣している。

――確認するが、あんたは、美原に頼まれ、西山に会わせた。一回きりで、その後、

美原は直に西山と連絡をとっていた――

鶴谷は停止ボタンを押した。

「これは事実か」

西山が視線だけをあげた。

瞳がゆれ、くちびるもふるえだした。

「これを地検特捜部が聞けば、どうなると思う」

「やめて……くれ」

消え入りそうな声がした。

「あんたは不正入札にかかわった……認めるか」

「魔が差したんだ」西山が顔を近づける。「ほんとうだ。罠に嵌められた」

「泣き言をぬかすな。見返りに幾らもらった」

「一千万円……」

「今永が推薦した鑑定士に依頼する数日前と、落札した翌日のことやな」

西山がこくりと頷く。

空唾をのんだようにも見えた。

西山がATMで自分の銀行口座に入金したときの防犯カメラの映像が残っていた。特殊詐欺事件が多発し、警察の要請もあって、銀行は映像の保存期間を長くしたという。IC技術の進歩で大量保存が容易になったこともあるだろう。

西山が入金したのは二百万円と四百万円。手付で三百万円、成功報酬で七百万円を受け取り、百万円と三百万円をポケットに忍ばせたということか。

そんなことはどうでもいい。煙草をふかし、質問を続ける。

「大晦日に、美原とどんな話をした」

「去年の入札の件を調べている連中がいるので用心しろと……あなただったのか……まさか、こんなはめになるとは……」

西山が途切れ途切れに言った。

「きのうの電話は」

「しばらく海外にいてくれないかと……すべてこちらで段取りするので、大阪に戻り次第、準備をするよう言われた」

「どこへ行く」

「どこにも行かない。ことわった」

「美原は、それで納得したのか」

「するも何も……頭にきて、通話を切った」

鶴谷は頭をふった。

西山は自分の置かれた立場がわかっていない。犯罪に手を染める連中は皆おなじ。追い詰められたら、我が身を守ることに汲々とする。

ふかした煙草を灰皿に消した。

「安高組の今永と会ったことはあるか」

「一度だけ。美原に紹介された」

「そのとき、入札の話をしたか」

「直には……美原がむりをお願いしたようだが、よろしく頼むと……それを聞いて、黒幕は今永だと思った」

「今永と愛朋会の関係は知っているか」

「それもあとで……美原が教えてくれた」

「そういうことを、あんたは北村に喋ったか」

西山が首をふる。

「美原に口止めされたのか」

「それもあるが、彼に弱みを握られたくなかった」

鶴谷はシートにもたれ、右手で左腕を擦った。

ようやく本音がこぼれでた。そんなふうに感じた。

こんな男を相手にしていると精神が駄々をこねる。


午後八時前、アルファードは徳島の鳴門から神戸淡路鳴門自動車道に入った。ほどなく大鳴門橋にさしかかる。

大阪に着くのは午前零時ごろか。上り車線を走る車の量はさほどではないが、西神戸ICから先は渋滞も予想される。予定よりも遅れているのは、気分が悪いと西山が訴えたので二度車を停め、休憩したからだ。鳴門では夕食も摂った。

鶴谷は窓のそとを見た。左腕の痺れは消えないが、我慢はできる。

頭上には星がきらめいている。西の空には星がない。どす黒い雲が迫ってくるような気がして視線を戻した。

江坂が身を乗りだすようにして後方を見つめていた。

「どうした」

「尾けられているようで」

鶴谷はふりむいた。

「どの車や」

「ミニバンのうしろのグレーのセダンです。この道路に乗ったときも見ました」

「ナンバーは読めるか」

「さっき視認しました。大阪ナンバーで、5○△3です」

「長尾の車や」

江坂が目をしばたたく。

「知っていたのですか」

「白岩のやることは読める」

さらりと返した。

ポケットのスマートフォンがふるえだした。手にとり、画面を見る。長尾だ。イヤフォンを耳に挿した。

「はい、鶴谷」

《長尾です。自分はアルファードの後方を走っています》

「白岩の指示か」

《ええ。自分のうしろに気になる車が……あっ》

「どうした」

《すごいスピードで……鶴谷さん、伏せてください。拳銃が見えました》

「伏せろ」

鶴谷は声を発した。

江坂が西山を突き飛ばし、シートに倒れる。西山は床にうずくまった。

直後、ピシッと音がした。さらにもう一発。リアウィンドーの隅に穴が開き、クモの巣状の罅《ひび》が走った。

江坂と西山の無事を確認し、運転席に声をかける。

「照井、無事か」

「はい。そちらは」

「無傷や。車はどこや」

「めちゃくちゃな運転で、走り去っています」

「ナンバーは読めたか」

「確認できませんでした。黒っぽいミニバンです」

照井が言いおわる前に、長尾の声がした。

《鶴谷さん》

ひきつった声がした。

「心配ない。皆、無事や」

《車を停めますか》

「そのまま行く」

《銃声は聞こえませんでしたが、目撃者がいるかも知れません》

「そのときはそのとき……警察の相手をするひまはない」

《わかりました。白岩さんに報告します》

鶴谷はイヤフォンをはずした。

江坂は身体を起こしていた。

「何者でしょう」

「明神一家やろ」

こともなげに返した。

ほかには考えられない。

江坂が首を傾げ、眉をひそめた。ややあって、口をひらく。

「どうやってこの車を……高知でも、鳴門までの道路でも、尾行されている気配はありませんでした。長尾さんが……」

江坂が声を切った。

気が咎めたか。長尾なら尾行の有無に神経を遣うと思い直したか。

「所長に報告します。Nシステムで車を特定できます」

全国の高速道路には自動車ナンバー自動読取装置、通称Nシステムが設置されている。あおり運転などの危険運転行為はこの装置で犯罪性の有無を判別できる。

むだや。言いかけて止めた。

煙草をふかし、視線をさげた。

西山は床で蓑虫になっている。

「心配するな。大阪まで送り届けてやる」

西山が顔をあげた。顔面は青白い。突然、テーブルに両手をついた。

「頼む。降ろしてくれ……こんなところで、死にたくない」

「降ろしてやってもいいが、命の保証はできん」

「えっ」

「やつらの的は俺やない。あんたや」

「…………」

西山が目の玉をひん剝いた。

「あんたは美原の指示に逆らった。もはや、めざわりな存在よ」

「そんな。警察に……」

西山が自分のスマートフォンに手を伸ばした。

はっとした。西山の手からスマートフォンを奪いとる。

顔がゆがんだ。西山のスマートフォンの電源を切っていなかった。

江坂の顔が強張った。

「すみません。自分の落ち度です」

「忘れろ。済んだことや」

言って、鶴谷は西山のスマートフォンの電源を切った。

明神一家の幹部なら警察官ともつながっている。手なずけたマル暴担当の刑事を介して位置情報を得ることなど朝飯前である。

西山が江坂のとなりに座った。

「あのう」顔を寄せる。「明神一家って……やくざですか」

「知らないのか」

「そちら方面には縁がなくて……真面目に生きてきたのです」

「どの面がほざく」

吐き捨てるように言った。

スマートフォンがふるえだした。こんどは白岩だ。

「俺も仲間も無事や」

《長尾に聞いた。たったいま、松島から電話があった》

「…………」

言葉に詰まった。

さっきの襲撃だけでおわるとは思っていなかった。が、予想外の展開である。

背筋を悪寒が走った。

《長尾の嫁が拉致された》

「確かか」

かろうじて声になる。

《ああ。本人の声を聞いた》

「で、松島の要求は」

《西山と交換……もちろん、応じた》

「時間と場所は」

《夢洲の空き地。前回とおなじや。時間は追って連絡するそうや。余裕をかましやがって……おまえの動きを見て、時間を指定するのやろ》

「わかった。西山は必ず連れて行く」

《頼む。此花《このはな》大橋で合流するか》

「おう。大阪市内に入ったら連絡する」ひとつ息をつく。「長尾に話したか」

《せん。したところでどうにもならん。嫁は、わいが取り戻す》

通話が切れた。

鶴谷は目をつむった。

西山を渡して、それで事が収まるのか。

首をふる。頭の片隅には西山の証言がある。

――しばらく海外にいてくれないかと……すべてこちらで段取りするので、大阪に戻り次第、準備をするよう言われた――

西山が拒んだことで、相手は強硬手段に転じた。

通話を切られた美原は安高組の今永に報告し、今永は松島に電話をかけた。その推測はゆるがない。通話記録がある。

今永が不正入札の件を気にしているのはあきらかだ。西山を奪い返し、口を封じたとしても、枕を高くして眠れるとは到底思えない。

西山のつぎは自分が標的になる。それは覚悟の上である。

白岩はどう動くのか。

考えるだけで空恐ろしい。

――嫁は、わいが取り戻す――

白岩の覚悟のほどは伝わってきた。

このままでは白岩と松島の衝突は避けられない。

それを回避する手段はないか。

幾つかの手段がうかんでは、消えた。

★

★

時間をかけて湯船に浸かり、寝室に入った。

午後十時を過ぎたところだ。

何かやっておくことはないか。

白岩は自問した。

何もうかばなかった。自分がやることは決まっている。その結果、身近な者たちに多大の迷惑がかかることもわかっている。が、それを意識し、誰かに何かを伝えるつもりもない。事後のあれこれを文字に認《したた》めようとも思わない。

黒のズボンを穿き、赤のとっくりセーターを着た。黒のブルゾンを手に持ち階段を降り、応接室に入った。

「おでかけですか」

和田が声を発した。

やることがないのか。ソファに座り、テレビを見ていたようだ。

「鶴谷と会う」

そっけなく返し、白岩はソファに腰をおろした。

「水割りをくれ」

言って、煙草を喫いつけた。

和田が内線電話で指示をする。

ほどなく、坂本があらわれた。水割りをつくり、チョコレートを添える。

「坂本、支度せえ」

「はい。車は使われますか」

「ああ」

坂本と話している間に、和田の表情が険しくなった。

ただならぬ気配を察したか。眉根を寄せて、口をひらく。

「親分、どちらへ」

「わからん」

「鶴谷さんは仕事をしているのですか」

「一々うるさい」

ぞんざいに返し、グラスをあおった。

感情を隠せないほど血が滾っている。それを隠す気もない。

和田が眉をひそめた。

何を訊いてもむだと悟ったようだ。無言で部屋を去った。

和田がやることはわかっている。坂本に指示をするのだ。

白岩はグラスを空け、ソファに横たわった。

感情は波打っていても、頭の中は凪いでいる。頭を使えば迷いが生じる。迷えば決断が鈍り、後手を踏む。

目をつむると、『elegance mami』での長尾とのやりとりがうかんだ。

——あいにく、嫁には親族がおらん。俺ひとりが身内……生き甲斐よ——

——のろけか——

——まあな。俺も嫁のために生きている。一蓮托生……墓にも一緒に入る——

あのとき、長尾の素顔を見た。心根にふれたような気もした。

白岩は目を開け、テーブルの携帯電話を見た。

十秒が過ぎ、三十秒が経っても目を離せなかった。

坂本が入ってきてようやく視線をずらした。

「支度が整いました」

「座って待機せえ」

白岩は身体を起こした。

同時に携帯電話がふるえだした。画面を見て、耳にあてる。

《アルファードは吹田インターチェンジで降りるようや》

長尾の声はいつもと変わらなかった。

白岩は腕の時計を見た。午後十時三十五分。市中道路の混雑加減にもよるが、順調なら午前零時までには夢洲に到着するだろう。

《鶴谷さんの行先はわかっているか》

「夢洲や。どれくらいかかると思う」

《ちょっと待ってくれ》一分ほどして声がした。《市内の渋滞はない。下を通ったとして、四、五十分ほどやろ》

「…………」

白岩は顔をしかめた。

読みが的中したようだ。

坂本に目で合図し、立ちあがる。

「切るぞ。わいも夢洲に行く」

《待ってくれ》長尾が言う。《夢洲で何がある》

「大人の遊びよ」

白岩は玄関にむかって歩きだした。

長尾の声がした。

《嫁と連絡がとれんようになった》

「…………」

《夢洲と関係があるのか》

白岩は固く目をつむり、すぐに口をひらいた。

「すまん。あとで話す」

《うそは上手いけど、隠し事は下手やな》

「………」

《察しはついた。相手は明神一家か》

「ああ。松島や」

ため息が届いた。

《あんたと鶴谷さんに託す。俺には太刀打ちできん》

「仲間を頼ってもかまへん」

《それはない。俺はあんたの傭兵……信義に反する》

「すまん」

もう一度詫び、通話を切った。

都会にも闇が降りるときはある。

メルセデスが闇を切り裂き、南下する。

白岩は、坂本に声をかけた。

「道具は持ってないやろな」

坂本が右手をうしろに回した。白鞘を見せる。

「これだけは勘弁してください。拳銃は持っていません」

「ええやろ。己の身を守るために使え」

「はい」

坂本が神妙な顔で答えた。

白岩は窓のそとに目をやった。

此花区にさしかかったか。白岩も鶴谷も此花区の下町で生まれ育った。

ポケットの携帯電話がふるえだした。

「わいや」

《十一時半には此花大橋に着く》

「わかった。これからむかう」

さらりと返し、携帯電話を畳んだ。

もう間違いない。鶴谷がやろうとしていることはひとつだ。

十分と経たないうちに此花大橋を渡りきった。舞洲《まいしま》を素通りして、約束の場所に着くのは十一時過ぎか。鶴谷に後れを取ることはなさそうだ。

「空き地に入りますか」

「ライトを消して、手前の草むらの中に停めろ」

空き地の周辺は雑草が生い茂っている。雑草は身の丈ほどもある。

車が停まるや、白岩はそとに出た。坂本と忍び歩く。

空き地に照明はないが、様子はわかった。

プレハブ小屋の前に二台の車が停まっている。黒っぽいミニバンは松島が乗っていたBMWか。グレーのライトバンのそばに二人の男が立っていた。松島の姿はない。長尾の嫁を確認することもできなかった。

車に戻った。

息をつき、坂本を見据える。

「おまえの命、わいが預かる」

「光栄です」

坂本が真顔で返した。

目が熱を帯びている。いざというときでも臆することはなさそうだ。

五分が過ぎたか。

右前方に車のヘッドライトが見えた。光の輪がおおきくなる。

白岩は苦笑を洩らした。

自分をたぶらかすために、此花大橋を渡らず、遠回りしてきたか。

アルファードが空き地に入る。長尾の車も続いた。

「親分」

坂本が小声で言った。

「逸るな。ゆっくり、空き地が見えるところまで近づけ」

言って、白岩は助手席から身を乗りだした。

★

★

頭の中を読まれたか。

鶴谷は胸の内でつぶやいた。

アルファードが右折するとき、草むらの中に白い車体が見えた。

想定内である。白岩が暴れる前にケリをつける。それだけのことだ。

空き地を見回し、照井に声をかける。

「左端から回り込み、真ん中で停めろ」江坂に顔をむけた。「何があってもそとに出るな。身の危険を感じたら、迷わず逃げろ」

「そうします」

江坂が素直に応じた。

だが、鵜呑みにはしない。

アルファードが停まった。

鶴谷は、西山の腕をとった。

「やめてくれ」

西山の声がかすれた。

ここに来るまで西山は身を縮め、ときおり身体をふるわせていた。

ドアを開け、西山を連れだした。

黒のミニバンから二人の男があらわれた。トレンチコートを着ているのは松島である。もうひとりの男は右手をハーフコートのポケットに入れている。

「相棒はどうした」

松島の声がした。

距離は十四、五メートルある。

「白岩は関係ない。おまえのめあては西山やろ。長尾の嫁をだせ」

言って、鶴谷はすこし距離を詰めた。

松島が顎をしゃくる。

ライトバンのドアが開いた。男が女を引きずりだした。

長尾の嫁だ。一度だけ会ったことがある。前回の事案が片付いたあと、長尾と南署の連中を慰労した。そのさい、長尾の嫁も参加していた。

「松島、おまえがひとりで連れてこい」

「おどれ」松島が声を凄ませる。「俺に指図する立場か」

「うるさい。ゆっくり歩き、真ん中で人質を交換する」

西山が低くうめき、身をよじった。

「助かりたけりゃ、おとなしくしていろ」

耳元でささやき、鶴谷は歩きだした。

松島も長尾の嫁の腕をとり、近づいてくる。

松島の背後で、ハーフコートの男が右に動いた。右手に拳銃がある。

ライトバンのそばにいる男二人も身構えている。

松島が足を止めた。

　まだ五メートルほど離れている。

「ここまでや」松島が言う。「おまえの射程距離には入らん」

　鶴谷も空手を使うことを知っているのだ。

　だが、ためらいはない。五メートルならぎりぎり何とかなる。

「西山を放せ。こっちは女を歩かせる」

　鶴谷は言われたとおりにした。

　二人が接近すれば、長尾の嫁に目で合図し、駆けさせる。あとは松島めがけて突進し、致命的な一撃を見舞う。

　ハーフコートの男が腰をおとし、拳銃を構えた。

　突然、あかるくなり、タイヤの軋む音がした。

　メルセデスがかたわらを駆け抜ける。

「やめろ」

　思わず声がでた。

　メルセデスは松島の脇を通り過ぎた。ハーフコートの男が吹っ飛んだ。凄まじい音がし、黒のミニバンがゆれた。激突したのだ。まばたきする間もなかった。

　メルセデスから白岩が飛びだしてきた。

西山と長尾の嫁は呆然と立ち尽くしている。

銃声が轟く。ライトバンの男が両手で拳銃を握っている。さらに、もう一発。

松島が懐に手を入れた。

「伏せろ」

声を発し、鶴谷は地面を蹴った。

銃口が向くより早く、靴の踵が松島の鳩尾《みぞおち》を直撃した。

松島がもんどり打つ。大の字に倒れ、白目をむいた。

「鶴谷、逃げろ」

白岩が叫んだ。

躊躇はない。白岩に最後の仕事を託されたのだ。

「あとは頼む」

鶴谷はきびすを返し、西山の身体をかかえた。長尾の嫁に声をかける。

「アルファードに乗れ」

嫁が頷き、走りだした。

西山の動きは鈍かった。顔面蒼白。身体が固まっている。

江坂が駆け寄ってきて、西山の腕をとった。

長尾も来た。

「鶴谷さんの指示に従え」

嫁にひと声かけ、鶴谷にも声を発した。

「急げ、警察が動きだした」

「おまえも逃げろ」

「そうはいかん。雇い主を見殺しにはせん」

言い置き、白岩のほうへ走る。

遠く、パトカーのサイレンが聞こえている。


木村が大股でレストルームに入ってきた。

夢洲を脱出して十時間が過ぎている。

ソファに座るなり、木村が前かがみになった。

「関西電鉄の渡辺が事情聴取を受けています。午前七時半、大阪府警本部捜査二課が渡辺の自宅に赴き、任意同行を求めたそうです」

「植田の案件か」

「別件です。三年前、関西電鉄は梅田の再開発事業に着手した。そのさい、用地買収で難航し、明神一家に協力を要請した」木村がくちびるを舐める。「捜査二課は早い段階でその情報を得て内定していたが、被害者と思われる連中の口が重く、捜査に踏み切るだけの情報を得られなかったそうです」

「どうして、いまになって」

「理由は二つあります。ひとつは、関鉄エンタープライズの元社長、植田が司法取引を持ちかけた。関西電鉄の梅田再開発事業には明神一家がかかわった。用地買収交渉を明神一家に依頼したのは今永だと……それを証言する代わりに、自分の罪状の軽減を求めたそうです」

「二課はのんだのか」

「前向きに検討中でした。協力を要請された四課も乗り気だったとか」

「もうひとつの理由は」

「昨夜の事件です。松島が逮捕され、二課は焦った。このままでは梅田再開発事業の案件も四課に持っていかれます」

「なるほどな」

鶴谷はつぶやき、煙草をくわえた。

予想外の展開である。が、朗報でもある。暗澹《あんたん》たる心に一筋の光明が差した。

木村が続ける。

「再開発事業の施工業者は安高組です。二課は今永からも事情を聞くことを決めたそうです」

「……………」

鶴谷は首をひねり、煙草に火を点けた。

的が警察に攫われる。

不安が頭を擡《もた》げたが、ひろがることはなかった。

「渡辺は策を弄し過ぎたようですね」木村が目元を弛め、すぐ表情を戻した。「白岩さんの情報は入りましたか。東京経由はもどかしくて」

鶴谷はこくりと頷いた。

木村が来る直前まで、長尾と電話で話していた。

鶴谷が夢洲を脱出した五分後、複数の警察車両が夢洲に到着した。その五分間、白岩は、ＢＭＷに激突して負傷した坂本のそばにいたという。松島と二人の乾分は警察官が近づいても動けず、ほかの二人はライトバンで逃走したそうである。

白岩は、警察官に事情を説明し、傷害の容疑で現行犯逮捕された。長尾によれば、説明をおえたあと、白岩はみずから両手を差しだしたそうである。

長尾は、夢洲を所管する此花署に早朝からでむき、捜査に協力する形で情報を集めているという。白岩は取り調べられ、長尾の妻は訊問のさなかだとも言った。

《白岩さんは、素直に取り調べに応じているそうです》

「傷害罪で済みそうか」

《松島と、メルセデスに弾き飛ばされた乾分は此花区の病院にいる。松島は肋骨が二本亀裂骨折、乾分は右腕と大腿骨を骨折。が、命に別状はない。現在、二人は病室で取り調べを受けている。二人には銃刀法違反で逮捕状がでた》

「二人はうたっているのか」

《くわしいことはわからん。が、松島は完全黙秘のようです》

「警察は、事件の背景にまでたどり着いてないのやな」

《たぶん。白岩さんは喋らない。嫁も話さん。俺も、事件に至るまでの経緯をしつこく訊かれたが、なんとかごまかした》

「恩に着る」

息をつく音がした。

《西山はどこに》

「ホテルや。木村が事情を聞いている」

《早めに解放したほうがいい。嫁の交換相手が西山だったということは、遅かれ早かれ、警察にばれる》

「……………」

鶴谷は顔をしかめた。

それが頭痛の種である。

仕事にケリをつけるまで、警察から西山を遠ざけておきたい。事情を訊かれたら、西山は洗いざらい喋るだろう。威し、カネを摑ませてもおなじことだ。

この先は時間との勝負になる。

白岩のことは心配だが、いまは仕事をやり遂げることに専念する。

白岩もそれを望んでいるに違いない。

鶴谷は、長尾の報告をかいつまんで話した。

煙草で間を空け、口をひらく。

「西山はどうしている」

「自分の部屋で寝ています。けさ五時まで事情を聞いていましたから。証言は紙におこしました」

「西山と北村の証言を録音したテープをダビングし、バイク便で美原の自宅に送り届けろ。その前に部下をむかわせ、美原が受け取るのを確認させろ」

「承知しました」

木村が腰をあげた。歩きかけて、ふりむく。

「西山はどうしますか。警察が行方を追っているでしょう」

「まだや。が、時間の問題やろ。警察が動く前にケリをつける。それまで、西山を自由にはさせん」

言って、鶴谷はソファにもたれた。

ほとんどの民家に灯がともっている。

Uターンラッシュはピークを過ぎたようだ。

アルファードが徐行し、路地角にある家の門の前で止まった。

門柱の表札に〈美原〉とある。

バイク便が美原宅に着いた三十分後に美原のスマートフォンを鳴らした。電源が入っているのはGPSで確認していた。切っていれば、直に家を訪ねるつもりだった。

美原の家にも灯がともっているのを見て、スマートフォンを手にした。

「鶴谷や。家の前に着いた。出て来い」

午後八時に迎えに行く約束をした。

美原は会うことを拒まなかった。心中穏やかでないのは口ぶりでわかった。

玄関が開き、美原があらわれた。

黒っぽいズボンにベージュの丸首セーター。コートを手にしている。

助手席にいた木村が降り、アルファードのドアを開ける。

美原が無言で乗り、鶴谷の前に座した。

木村が助手席に戻るや、車が動きだした。一般道路を走るよう指示してある。

「あんなものを送りつけて、どういう了簡や」

美原が食ってかかるように言った。

「わかりきったことを訊くな」煙草をふかした。「やけに素直に応じたが、関西電鉄の渡辺が警察に事情を訊かれ、生きた心地がしないのか」

「あほな。わたしは、梅田の再開発事業にかかわっていなかった」

「ほう」鶴谷はにやりとした。「警察は渡辺から事情を訊いたことを発表していない。一部マスメディアが嗅ぎつけたようやが、梅田の再開発にはふれなかった。あんた、どこから情報を……安高組の今永か」

「おまえには関係ないやろ」

美原が口をとがらせる。

怒ったフグのような顔になった。

ふかした煙草を消し、鶴谷は美原を見据えた。

「あんたも潮目を迎えた。俺の要求をのんで、南港建設に通告した契約解除を破棄せえ。そうすれば、不正入札の件はきれいさっぱり忘れてやる」

「社が決めたことや。わたしの一存で返事はできん」

「ほざくな」一喝し、目でも凄んだ。「契約解除の件はおまえが役員会議に諮った。次期社長候補のおまえが強引に採決に持ち込んだそうやな」

「誰がそんなことを」

美原が顔をゆがめた。

「おまえが契約解除の撤回を役員会議に諮っても、反対するやつはいない」

「そうはいかんのや」

「誰に気兼ねをしている。渡辺か、今永か」

「…………」

美原が口を結んだ。

鶴谷は間を空けない。

「渡辺の逮捕は時間の問題や。渡辺が用地買収交渉を依頼した明神一家の幹部は、きのう未明、別件で逮捕された」

「……………」

美原が目を見開いた。

知らなかったようだ。

「今永も週明け早々にも事情を訊かれるそうな。今永も逮捕されたら、おまえは後ろ盾を失くす。裏を返せば、目の上の瘤《こぶ》がとれる」

「……………」

美原が眉を曇らせる。

表情が変わりつつある。頭を働かせているのか、瞳が左右にゆれた。

鶴谷は顔を近づけた。

「潮目や。俺の要求をのめば、おまえは無傷のまま、次期社長になれる」

「考えさせてくれ」

聞きとれないほどの声がした。

「あさって、六日の午前中に役員会議を開き、決定しろ。それが期限や」

美原が顔を近づける。

「ほんとうに入札の件は忘れてくれるのか」

「舐めるな。約束は守る。筋目は違《たが》えん」

「わかった」

息をつき、美原が姿勢を戻した。

鶴谷は、助手席の木村に声をかけた。

「家に引き返せ」

言って、窓のそとに目をむけた。

光義、安心しろ。

胸の内でつぶやいた。

五分と経たないうちに美原の家に着いた。住宅街を周回していたか。

美原が家に入るのを見届け、木村に話しかける。

「西山の家族はいつ帰ってくる」

「あすの午後三時、伊丹空港に到着の予定です」

「それに間に合うよう、西山を空港まで送ってやれ」

「いいのですか」

「かまわん」

鶴谷はそっけなく返した。

木村が危惧していることはわかる。

そのことで木村と議論するつもりはない。


此花署の面会室を出たところで鈴村と別れ、玄関へむかった。

花房組顧問弁護士の鈴村は署でやることがあるという。

――面会できる。会うか――

けさ、鈴村から連絡があった。

逮捕から四日目に面会できるとは意外だった。面会できるのは、起訴され、大阪拘置所に身柄を移されたあとだと思っていた。

――裁判では起訴内容を認める。どんな判決も受け入れる。控訴はせん――

面会室で、白岩はきっぱりと言い切った。

玄関を出たところで、木村が近づいてきた。

「どうでした」

「元気や」

そっけなく返し、鶴谷は歩きだした。

木村が肩をならべる。

「すみません。力になれそうにありません」

「気にするな。たとえ島がおなじでも、光義は他人をあてにはせん」

「そうでしょうが……起訴は免れそうにないのですか」

「現役ばりばりの極道や。おなじ罪状でも堅気の十割増しになる」

「…………」

木村が眉をひそめた。

どうしてそんなことを平気な顔で言えるのですか。

木村の顔にはそう書いてある。

平気なわけがない。が、別れ際の、鈴村の言葉を信じている。

――何としても執行猶予は勝ちとる。わたしの最後の務めだ――

鈴村は、人命救助と正当防衛を主張する、とも言い添えた。

駐車場のアルファードに乗った。

木村が口をひらく。

「どちらへ」

「南港建設や。カネを受けとる」

此花署に足を踏み入れたところで、電話が鳴った。

――大和建工の美原専務が南港建設を訪ねてきました――

南港建機の茶野の声がはずんだ。

引き継ぎの件で本社に来ているという。美原は、南港建設を訪ねる前に電話をよこし、契約解除の件で話があると伝えたそうだ。

白岩と面会する直前、メールが届いた。

――契約解除は破棄されました――

――一時間後、南港建設に行きます――

短いやりとりで済ませた。

その話をすると、白岩は目を細めた。

「ホテルに戻り、カネの分配を済ませたら、此花署に引き返す」

「…………」

木村が目をぱちくりさせた。

意味を理解したのだ。

けじめをつける。当然のことである。
明神一家の松島に重傷を負わせたのは自分なのだ。
目をつむると、白岩の顔がうかんだ。
ムジナだった。
怒るのか、笑うのか。あきれ顔になるのか。
鶴谷は頰を弛めた。

この作品は書き下ろしです。

幻冬舎文庫

●好評既刊

捌き屋 盟友

浜田文人

企業間に起きた問題を、裏で解決する鶴谷康。不動産大手の東和地所から西新宿の土地売買を巡るトラブル処理を頼まれる。背後に蠢く怪しい影に鶴谷は命を狙われるが――。シリーズ新章開幕。

●好評既刊

捌き屋 罠

浜田文人

企業間に起きた問題を、裏で解決する鶴谷康。ある日、入院先の理事長から病院開設を巡る土地買収処理を頼まれる。売主が約束を反故にし、行方まで晦ましているらしい――。その目的とは？

●好評既刊

捌き屋 一天地六

浜田文人

鶴谷康の新たな仕事はカジノ（ＩＲ）誘致事業への参画を取り消された会社の権利回復。政官財と裏社会の利権が複雑に絡み合うその交渉は、想像を絶する事態を招く……。人気シリーズ最新作！

●好評既刊

捌き屋 伸るか反るか

浜田文人

鶴谷康の新たな捌きは大阪夢洲の開発事業を巡るトラブル処理。万博会場に決まり、カジノ誘致も噂される夢洲は宝の山。いつしか鶴谷も苛烈な利権争いに巻き込まれていた……。白熱の最新刊！

●好評既刊

プリズン・ドクター

岩井圭也

刑務所の医師となった史郎。患者にナメられ散々な日々を送っていたある日、受刑者が変死する。胸を掻きむしった痕、覚せい剤の使用歴。これは自殺か、病死か？　手に汗握る医療ミステリ。

幻冬舎文庫

●好評既刊
緋色のメス　完結篇
大鐘稔彦

外科医の佐倉が見初めたのは看護師の朝子だった。患者に向き合いながら、彼女への思いを募らせるが、自身の身体も病に蝕まれてしまう。ミリオンセラー「孤高のメス」の著者が描く永遠の愛。

●好評既刊
じっと手を見る
窪　美澄

富士山を望む町で介護士として働く日奈と海斗。東京に住むデザイナーに惹かれる日奈と、日奈への思いを残したまま後輩と関係を深める海斗。人生のすべてが愛しくなる傑作小説。

●好評既刊
紅い砂
高嶋哲夫

腐敗した中米の小国コルドバの再建へ米国が秘密裏に動き出す。指揮を取る元米国陸軍大尉ジャディスは、降りかかる試練を乗り越えることができるのか。ノンストップ・エンターテインメント！

●好評既刊
たゆたえども沈まず
原田マハ

19世紀後半、パリ。画商・林忠正は助手の重吉と共に浮世絵を売り込んでいた。野心溢れる彼らの前に現れたのは日本に憧れるゴッホと、弟のテオ。その奇跡の出会いが〝世界を変える一枚〟を生んだ。

●好評既刊
ご用命とあらば、ゆりかごからお墓まで
万両百貨店外商部奇譚
真梨幸子

万両百貨店外商部。お客様のご用命とあらば何でもします……たとえそれが殺人でも？　地下食料品売り場から屋上ペット売り場まで。ここは、私利私欲の百貨店。欲あるところに極上イヤミスあり。

捌《さば》き屋《や》 行《い》って来《こ》い

浜《はま》田《だ》文《ふみ》人《ひと》

令和2年5月20日 初版発行

発行人――石原正康
編集人――高部真人
発行所――株式会社幻冬舎
〒151-0051東京都渋谷区千駄ヶ谷4-9-7
電話 03(5411)6222(営業)
03(5411)6211(編集)
振替00120-8-767643
印刷・製本―図書印刷株式会社
装丁者――高橋雅之

検印廃止
万一、落丁乱丁のある場合は送料小社負担でお取替致します。小社宛にお送り下さい。
本書の一部あるいは全部を無断で複写複製することは、法律で認められた場合を除き、著作権の侵害となります。
定価はカバーに表示してあります。

Printed in Japan © Fumihito Hamada 2020

幻冬舎文庫

ISBN978-4-344-42984-0 C0193 は-18-17

幻冬舎ホームページアドレス https://www.gentosha.co.jp/
この本に関するご意見・ご感想をメールでお寄せいただく場合は、
comment@gentosha.co.jpまで。